Johann-Friedrich Freiherr von Cronegk

Olint und Sophronia

Ein christliches Trauerspiel in Versen und 5 Aufzügen

Johann-Friedrich Freiherr von Cronegk

Olint und Sophronia
Ein christliches Trauerspiel in Versen und 5 Aufzügen

ISBN/EAN: 9783743664418

Hergestellt in Europa, USA, Kanada, Australien, Japan

Cover: Foto ©Andreas Hilbeck / pixelio.de

Weitere Bücher finden Sie auf **www.hansebooks.com**

Olint und Sophronia.

Ein christliches Trauerspiel,
in Versen und fünf Aufzügen,
von
Herrn
Joh. Fr. Freyherrn v. Cronegk,
weyl. Hochfürstl. Anspachischen Kammerjunker,
Hof- und Regierungsrath;
Auf der
Kaiſ. Königl. privil. Schaubühne zu Wien
aufgeführet.

Wien,
Zu finden in Krausens Buchladen, nächſt der
Kaiſerl. Königl. Burg 1764.

Personen.

Aladin, König zu Jerusalem.

Argant, ein ägyptischer Feldherr.

Ismenor, ein mahomedanischer Priester.

Olint, ein heimlicher Christ, in Sophronien verliebt.

Evander, sein Vater.

Sophronia, eine christliche Jungfrau.

Serena, ihre Freundinn.

Clorinde, eine persische Prinzeßinn.

Hernicie, ihre Vertraute.

Mahomedanische Priester.

Saracenische Wache.

Persische Wache.

Der Schauplatz ist zu Jerusalem.

Olint und Sophronia.
Ein Trauerspiel.

Erster Aufzug.
Erster Auftritt.

Evander. (allein)

Die Sterne werden bleich; die kühlen
    Schatten fliehen;
Bald wird der junge Tag auf Her-
    mons Spitzen glühen:
Vor seinem heitern Blick, der alles
    rege macht,
Entweicht das leichte Heer der schauervollen Nacht.
Noch schläft Jerusalem; doch niemals schläft mein
    Kummer:
Mein Herz kennt keine Ruh, mein Aug kennt keinen
    Schlummer.

Ist dieß Jerusalem, der Völker Königinn?
Wo ist nunmehr ihr Stolz, wo Macht und Schimmer
hin?
Ein wildes Pferd zerstreut der Könige Gebeine:
Wo sonst der Tempel stund, sind jezo Schutt und Steine;
Da rauscht jezt Schild und Spieß, wo sonst das Lied
erklang,
Das der Leviten Chor bey Assaphs Harpfe sang.
Wohin, Jerusalem! wohin bist du gerathen?
An uns bestraft der Herr der Väter Missethaten.
Erzittre, weil dich GOtt im Zorn verworfen hat!
Nicht mehr Jerusalem, nicht mehr die Friedensstadt!
Der Himmel hört uns nicht, und sieht nicht unsre
Thränen;
Wir seufzen unterm Joch erzürnter Saracenen.
Was sonst am letzten fehlt, die Hoffnung fehlt uns fast!
Hier herrschet Aladin; hier pranget sein Pallast;
Und hier ist die Moschee, der Sitz der falschen Götter!
Bewafne dich, o Herr, mit einem Donnerwetter,
Und stürze diesen Bau, in dem man dich entweiht,
In Schutt und Asche hin, zur ew'gen Dunkelheit —
Doch welch Geräusch ertönt! — Läßt sich Olint nicht
sehen
Betrüget mich mein Aug? —

Zweyter Auftritt.

Olint, Evander.

(Der Moschee Thüren gehen auf einmal auf, und
schliessen sich wieder. Olint kommt heraus.)

Nun Herr! nun ists geschehen!
Du

Ein Trauerspiel.

Du gabst mir Kraft dazu! Dir dank ich, deine Macht
Hat meinen Muth gestützt! Der Anschlag ist vollbracht.

Evander.

Mein Sohn!

Olint.

Evander! Herr du bist es? welcher Kummer
Entreisset dir so früh den leichten Morgenschlummer?

Evander.

Und was für ein Geschick hat dich hieher gebracht?
Du kamst aus der Moschee — Von unbekannter Macht,
Vom heilgen Zug gerührt, kam ich bey diesen Steinen,
In traur'ger Einsamkeit zu beten und zu weinen.
Ich kam an diesen Ort, den noch das Blut bespritzt,
Das Blut der Märtyrer, die Gottes Geist erhitzt,
Die groß in Schmach und Tod ihr unschuldvolles Leben
Für den, der für uns starb, gelassen hingegeben:
Und du, mein Sohn, und du — du scheinest mir gerührt —
Beweg sein Herz! o Gott, der mich hieher geführt!
Du kömmst aus der Moschee — Hat dich der Glanz verführet,
Der dich beym Hof erhub, den Aladin regieret?
Sprich, ob du tugendhaft, und meiner würdig bist?
Olint!

Olint.

Ich bin dein Sohn, o Herr! ich bin ein Christ;
Und du kannst fragen?

Evander.

Nein! der Muth, der in dir glühet,
Zeigt sich aus deinem Blick — und meine Sorge
fliehet.
Doch, wie kömmst du hieher?

Olint.

Du weißt es, daß mit Macht
Ismenor jüngst ein Bild in die Moschee gebracht,
Ein Bild des Herrn am Kreuz, das unsre Kirche zierte,
Und, das der Bösewicht ihr mit Gewalt entführte.
Sein Aberglaube wähnt, daß Gottfried, der die Stadt
Mit seinem Christenheer bereits umgeben hat,
Sie nicht besiegen kann, was auch für Muth ihn treibe,
So lange dieses Bild in der Moschee verbleibe.
Du weißt es! Ew'ger Gott! wer kann gelassen seyn,
Und die Tyrannen sehn ein göttlich Bild entweihn?
Mich trieb der Eifer hin; weil Finsterniß und Schatten
Die Wache müd gemacht und eingeschläfert hatten,
Eilt ich in die Moschee. Von Andacht angefüllt,
Gab ich dem treusten Knecht dieß wunderbare Bild,
Er trägts dem Gottfried hin — Nun mag der Sultan
wüten:
Mein Gott lehrt mich den Tod gelassen Trotz zu bieten.
Erkenne deinen Sohn, der als ein wahrer Christ
Für Gott und Vaterland bereit zu sterben ist.

Evander.

Mein Sohn! umarme mich! O Tugend! welche
Freude!
Du bist ein Christ, mein Sohn, ein Held, den ich be-
neide!

Ach!

Ein Trauerspiel.

Ach! nun gesteh ich es! Oft hatt ich fast gedacht,
Wann ich dein Jugendfeur und des Tyrannen Pracht,
Der dich verehret, sah, dein Eifer würde wanken.
Wie gern verbann ich nun den fruchtbaren Gedanken!
Ich seh, daß Aladin dir täglich Proben giebt,
Wie er, der jeden haßt, dich seinen Retter liebt;
Wie ihn dein Muth gerührt, den selbst der Feind ge-
preisen,
Den du beym letzten Krieg der Araber bewiesen;
Zum Feldherrn macht er dich — und weiß nicht, wer
du bist:
Du bist ihm unterthan, und bist mit mir ein Christ.
Die Tugend, die Vernunft bracht erst mein Herz zum
Glauben:
In dem erzog ich dich; und diesen uns zu rauben,
Ist niemand stark genug: Wenn durch der Vorsicht
Schluß
Sich dieß Geheimniß gleich jetzt noch verbergen muß.
Ich sah dich an dem Hof in unerfahrner Jugend
Geehrt, geliebt! — Wie sehr droht diese Pracht der
Tugend
Wie groß war die Gefahr! durch irrd'sche Klugheit
nicht,
Durch höh're Macht gestärkt, bliebst du der Christen
Pflicht
Und unserm Glauben treu — Mein Sohn — doch
wenn der Morgen
Die grosse That entdeckt, die jetzt die Nacht verborgen —

Olint.

Erlaube mir, o Herr! mit weggeworfnem Schein
Ein öffentlicher Christ vor aller Welt zu seyn.

Erlaube mir, für den, der für mich starb, zu sterben!
Laß mich durch meinen Tod die Marterkron erwerben.

Evander.

O Sohn! dich treibt zu weit ein jugendlicher
Muth:
Dein Leben nützt jezt Gott mehr, als vergoßnes Blut.
Du bist der Christen Schutz beym Sultan der dich
ehret!
Wer bloß aus Ungedult die Märterkron begehret,
Ist dieses Schmucks nicht werth. Leicht ist des Todes
Pein:
Durch Leiden und Gedult will Gott verherrlicht seyn.

Olint.

Herr, glaub, wanns Gott verlangt, ich bin bereit zu
leiden!

Evander.

Die Schwermuth will sich oft in unsre Tugend kleiden:
Ich seh dich oft zerstreut — — Du seufzest, du wirst
blaß;
Die Wange wird dir oft von schnellen Thränen naß,
Die du verbergen willst. Ein heimlich Feuer glühet
In deinem Busen — Sprich — Du schweigst — dein
Auge fliehet
Den Blick der Meinigen — Ach meine Furcht wird
wahr!
Clorindens Anblick bringt die Tugend in Gefahr,
Die sonst vor nichts erbebt. Der Heldinn reine Ju-
gend,
Ihr edler Muth — Der Schein von einer wilden
Tugend

Ver-

Verführen dich vielleicht. Sie schätzt dich hoch — ein Christ
liebt eine Heydinn — Gott!

Olint.

Evander, nein! du bist
Von falschen Schein verführt. Ich kann nicht länger
schweigen;
Ich muß mein ganzes Herz in seiner Schwäche zeigen:
Verletzt doch meine Glut nicht Christenthum und
Pflicht!
Ja, Herr, ich liebe — —

Evander.
Gott! und wen?

Olint.
Clorinden nicht.
Herr! nein, ein andrer Trieb verursacht meine Sorgen.

Evander.
Und warum hast du sie bisher vor mir verborgen?
Durch deine Schwermuth wird mein Herz in Furcht
gesetzt.
Du sagst, daß deine Glut die Pflichten nicht verletzt:
Ach! ists, da wir beherrscht von stolzen Feinden leben
Ists jetzt zur Liebe Zeit?

Olint.
Und wer kann widerstreben,
Wenn sich ein Trieb, den Gott uns selbsten eingeprägt,
Mit schmeichlender Gewalt in unsrer Seele regt;
Mit unbekannter Macht die Herzen an sich ziehet,
Gerührt durch einen Blick, in dem die Tugend glühet,

Aus dem die Hoheit strahlt, aus dem die Liebe lacht,
Und unserm Herzen sagt: Du bist für mich gemacht?
Erhabne Zärtlichkeit kann nur den Muth erhöhen;
Nur Stolz und Härtigkeit kann immer widerstehen;
Die Tugend billigt sie. — Die Schöne, die mich rührt,
Stammt von den Königen, die Syrien regiert.
Als eine Christinn lebt sie rühmlich und verborgen:
So wie die Rose blüht im heitern Frühlingsmorgen,
Im unwegsamen Busch, berührt von keiner Hand,
Von Engeln nur gesehn, schön, aber unbekannt.
Ich liebe sie; doch so, wie sich mit reinen Trieben
In einer bessern Welt entbundne Seelen lieben.
Dort hoff ich sie zu sehn, der Himmel selbst ver-
                                                          spricht's;
Mein Herz wünscht heimlich viel, hofft wenig, fordert
                                                          nichts.
Ich liebe sie zu sehr, um ihr es frey zu sagen,
Daß sie mein Herz verehrt; nur heimlich darf ich klagen.
So hab ich lange schon für sie allein gebrannt,
Vielleicht unangenehm, vielleicht auch unbekannt.

Evander.
So spricht der Jugend Gluth geneigt sich zu betrügen!
So muß die Liebe stets in grossen Herzen siegen!
Doch eine Christinn ist's? und wer?

Olint.
                        Sophronia.

Evander.
Wahr ist es, sie verdient's — Doch Aladin ist da!
Ich sehe, vom Pallast eröfnen sich die Thore;
Die Wachen nähern sich; umringt von ihrem Chore

Seh ich den Sultan selbst. Wir haben uns verweilt:
Ich glaube, daß der Hof zu dem Ismenor eilt,
In die Moschee zu gehn — Mit ihnen kömmt Clorinde:
Kommt mit mir, daß er uns nicht auf dem Platze finde.

(Evander geht ab.)

Dritter Auftritt.

Aladin, Clorinde, Olint, Ismenor, Wache.

Aladin.

Olint, wo fliehst du hin? Bleib hier! Nun ist es Zeit
Zu neuem Heldenmuth! das Volk verlangt den Streit.
Sprich, welchen Führer soll ich ihrem Muthe geben?
Vor wessen Heldenarm soll Gottfrieds Lager beben?
Ich kenne deinen Muth; ich lasse dir die Wahl.
Ismenor, eil indeß, und thu, was ich befahl.
Eröfne die Moschee! laß alles zubereiten,

Clorinde; (zum Sultan.)

Die Perser sind bereit, mit mir für dich zu streiten.
Herr, fürchte nichts vom Heer, das diesen Mauern
droht:
Wenn ein Olint uns führt, verachten wir den Tod.
Nur er kann Feldherr seyn. Ich sah ihn in den Schlach-
ten
Nie die Gefahren scheun, noch allzukühn verachten.
Gelassen blieb der Held in bringendem Gewühl,
Wann alles vor ihm floh, wann alles um ihn fiel,
Mit majestät'schem Blick gieng er dem Tod entgegen,
Und fand dafür den Sieg. Man scheute seinen Degen,
Doch

Doch seine Klugheit mehr. Du weißt es, daß mich nie
Das niedre Leben reizt, das fern von Ruhm und Müh
Mein furchtsames Geschlecht zu seinem Zweck erlesen,
Unnützlich, unbekannt. Viel besser, nie gewesen,
Als ganz vergessen seyn; viel besser ist der Tod,
Als leben, das uns nur mit Zwang und Knechtschaft
droht.
In jüngsten Jahren schon, erwählt ich Krieg und
Waffen;
Den Stolz der Araber durch Siege zu bestrafen,
Vereinten wir uns jüngst. Jezt, da der Christen Macht
Bis vor Jerusalem ihr Kreuzpanier gebracht,
Bleib ich bey dir. Ich hör schon das Triumphlied tönen:
Ich seh den Sieg ihn schon mit neuem Lorbeer krönen!
Olint, erlaube mir, da, wo du kämpfst, zu stehn!
Dein Beyspiel lehre mich dem Tod entgegen gehn.
Ich fürchte keinen Feind, wenn ich nur dich begleite,
Im Kampf, im Sieg, im Ruhm, im Tod an deiner
Seite.

Olint.

Prinzeßinn — — Herr — verzeih —

Ismenor, (der aus der Moschee kömmt.)
O Wuth, o Raserey!
Wir sind verloren —

Clorinde.
Wir?
Aladin.
Und wie?
Ismenor.
Verrätherey!
So

So wollt ihr euch noch nicht mit Rach und Strafe rüsten,
Ihr Götter? blitzt, vertilgt das freche Volk der Christen!

Aladin.

Was wecket deinen Zorn?

Ismenor.

O lasterpolle Zeit!

O Abscheu!

Aladin.

Rede!

Clorinde.

Sprich!

Ismenor.

Der Tempel ist entweiht!
Das Bild ist uns entwandt, bestimmt, uns zu beschützen!
Der Blitz der Götter ruht; du sollst statt ihrer blitzen.
Herr! Aladin! verbann des Mitleids schwachen Trieb,
Durch den das Christenvolk bisher noch sicher blieb.
Vertilg es! Aller Blut muß uns zur Rache fliessen:
Man muß unschuldig Blut gleich schuldigem vergiessen,
Wenn es der Himmel will. Doch welcher Christ ist rein?
Wer irrig glaubt und denkt, kann nicht unschuldig seyn.
Der Himmel spricht, durch mich — Verschonst du den
Verbrecher —
Du schweigest, Aladin? — Auf Erden ist kein Rächer!
Wer straft dies Laster gnug? O Himmel, waffne dich!
Dein Donner fall auf sie, und räche dich und mich!

Ala=

Aladin.
Der Frevler sterbe! — Sucht!

Ismenor.
Das ganze Volk soll sterben!
Wer einen Christen schont, der muß mit ihm verderben!
Und wann ein Fluch noch ist! — —

Clorinde.
Ist dieß der Tugend Pflicht?
Der Himmel kann verzeihn, allein ein Priester nicht!
Was wagt ein Sterblicher, den andern zu verfluchen?

Aladin.
Olint, dein sey das Amt, den Thäter aufzusuchen;
Ich schwöre seinen Tod —

Ismenor.
Das will, das schwör auch ich.

Olint.
Ich geh — was soll ich thun? — O Gott, regiere mich!
(Olint geht ab.)

Ismenor.
Olint entweicht bestürzt — Ich scheu es, auszusagen,
Was ich von ihm gedacht — Der Priester darfs nicht wagen:
Er ist vom Volk geliebt. Doch seh ich, wer er ist —

Aladin.
Und was?

Clorinde.
Welch ein Verdacht?

Ismenor.
Ein Bösewicht, ein Christ!

Clo=

Ein Trauerspiel.

Clorinde.
Will dieß der Priester Amt, die Tugend stolz zu schmä-
  hen,
Und durch des andern Schimpf sich strafbar zu erhöhen?
Die Tugend glaubet nie, was ein Verläumder spricht.
Wer schlimm von andern denkt, ist selbst ein Bösewicht.
Die Priester wollen Gott durch Blut und Eifer dienen;
Und lieben und verzeihn befiehlt er uns und ihnen.
Die Götter lieben nicht den, der aus Wahn vielleicht
Von ihnen immer spricht — Nein! den, der ihnen
  gleicht.
Sie schonen unser Blut; und ihr wollt es verspritzen?
Wann ihre Langmuth ruht, ruft ihr nach zorn'gen
  Blitzen.
Den Fürsten scheltet ihr, der ihnen gleich verzeiht;
Den Frieden lieben sie; ihr Aufruhr, Mord und Streit.

Ismenor.
Der Himmel hörts und schweigt! O Frevel! O Ver-
  brechen!
Clorinde selbst fällt ab, und will für Christen sprechen.
Der schmäht die Götter selbst, der ihre Priester schmäht,
Und frommen Eifer sich zu tadeln untersteht.
O Sultan! wirst du wohl es ungestraft erlauben
Daß — —

Aladin.
Nein! ich kann noch nicht Olintett strafbar glauben!
Von beyden Seiten geht der Eifer allzuweit;
Clorindens edles Herz; Ismenors Strengigkeit
Verdienen gleiches Lob; jedoch der Götter Ehre
Verlangt jetzt Rach und Blut. Ihr Freunde, hörts,
  ich schwöre!
Ich

Ich schwöre bey der Macht die diese Welt regiert,
Die, wann die Vorsicht winkt, sich in ihr Nichts ver-
lirt;
Ich schwöre bey dem Blut, das dieser Krieg vergossen,
Von dem der Jordan trüb und traurig fortgeflossen!
Bey euch, die ihr nunmehr in ew'gen Freuden lebt,
Ihr Helden, deren Geist vielleicht jetzt um mich schwebt;
Die wir noch nach dem Tod verehren und bedauren,
Ihr Helden, die zum Schutz vor Salems hohen
Mauren
Von Christenhänden fielt! Ich schwör es! Wenn die
Nacht
Das Licht der Welt versteckt und alles ruhig macht:
So soll, wenn List und Fleiß den Frevler nicht entdecket,
Der uns das Bild entführt, das Salems Mauern
schrecket;
So soll der Christen Volk ganz ausgerottet seyn;
So soll man weder Flehn, noch Amt, noch Alter scheun;
Nein! Alles, alles sey dem Rachschwert übergeben!
So soll beym andern Tag kein Christ in Salem leben!
Der Sonne rother Strahl bey ihrem frühen Lauf,
Bespiegle sich in Blut und gehe traurig auf!
Kein Bitten soll mein Herz, das Rache wünscht, er-
weichen,
Und jede Strasse sey befleckt mit blut'gen Leichen!
Ismenor folge mir! Indessen geh Argant,
Und mache meinen Schwur der ganzen Welt bekannt!
(Geht mit Ismenor und Argant ab.)

Vier-

Vierter Auftritt.
Clorinde, Hernicie.

Hernicie.

Du stehst Gedankenvoll, Prinzeßinn! darf ichs wagen,
Was meine Seele denkt, dir ohne Furcht zu sagen?
Ich kenne dich nicht mehr; der Zorn der dich entflammt,
Erschreckte mich vorhin; du schimpfst der Priester Amt;
Du schützest nun ein Volk, das wir so billig hassen;
Ich sah dich längst betrübt, die Freundinnen verlassen;
Zu stiller Einsamkeit voll trüber Schwermuth fliehn;
Oft seufzend, oft entfärbt und bald erröthend glühn.
Ich seh, verbirg nur nicht des Herzens stilles Sehnen!
Ich seh dein schönes Aug bewölkt von stummen Thrä-
      nen.
Oft, wenn die Einsamkeit, der Gräber traurigs Bild,
Und dunkler Schatten Nacht die Welt mit Schrecken
      füllt,
Kann sich zu sanfter Ruh dein thränend Aug nicht
      schliessen;
Nichts hemmt der Klagen Lauf in öden Finsternissen,
Wann alles um uns ruht.

Clorinde.

    Soll ichs entdecken? — Ja!
Mein Stolz hat lang gekämpft; der Schwachheit Sieg
      ist nah.
Was man im Herzen fühlt, scharfsinnig zu verhehlen,
Ist Klugheit, ist Verdienst; doch nur für niedre See-
      len.

B   Für

Für ein erhabnes Herz ist diese Kunst zu klein;
Dieß fühlt sich selbst und kann sein eigner Richter seyn.
Das Laster kann und muß vor fremden Blick erschrecken;
Die Tugend zittert nie, und darf sich nie verstecken.
Beherzt enthüllet sie des Herzens tiefsten Grund,
Und was die Seele fühlt, entdecket auch der Mund.
Ich läugn'es nicht; mein Herz schämt sich nicht seiner Triebe:
Erfahr, Hernicie, daß ich Olinten liebe.

Hernicie.

Olinten? — Doch sein Stand —

Clorinde.

Ist allen vorzuziehn:
Sein Stand erhebt ihn nicht; sein Stand wird groß durch ihn.
Nicht alle handeln groß, die in Pallästen wohnen:
Das Herz macht unsern Werth, nicht Purpur oder Kronen;
Der, der von Jugend auf den edlen Trieb empfand,
Der wahre Helden macht, bleibt groß in jedem Stand.
Durch was hatt ichs verdient, als ich die Welt erblickte,
Daß meines Vaters Hauß der Perser Krone schmückte?
Wär es ein wahres Glück und nicht ein falscher Schein:
So würde, (zweifle nicht,) Olint ein König seyn.
Ihm mag das Glück den Glanz, der Kronen schmückt, versagen:
Der Kronen würdig seyn, ist mehr, als Kronen tragen.

Ein Trauerſpiel.

Hernicie.

Olintens Muth iſt groß, wenn er dich wirklich liebt!

Clorinde.

Schweig, und errege nicht, die Furcht, die mich betrübt,
Und meine Seele nagt! Er kennt nicht meine Triebe;
Vergebens hofft mein Herz vielleicht auf Gegenliebe:
Gedanke voller Quaal! — Entdeck ich ihm mein Herz,
Und er ſollt es verſchmähn — Nein, eher ſoll der Schmerz
Mich ſelbſt entſeelen — Nein! viel lieber will ich fliehen,
Mich ſeinem Blick, der Welt, und mir, mir ſelbſt entziehen.
Ach, wenn es möglich wär! — Verloren hoffnungloß!
Ein groſſes Herz bleibt auch in ſeiner Schwachheit groß.
Du kenneſt meine Wuth; du weiſt, was ich empfinde.
Ich lieb ihn mehr, als mich; doch bin ich noch Clorinde:
Nie ſoll mich Aſien ſchwach und erniedrigt ſehn;
Stolz will ich noch u. groß ins Reich der Schatten gehn.
Was ſag ich? Ach Olint! Du ſiegſt! Ich kann nicht ſchweigen;
Ich muß dir meinen Schmerz und meine Schwachheit zeigen.
Mein Stolz weicht dem Geſchick. Ich will, ich muß ihn ſehn,
Und ſtürb ich auch verſchmäht, ihm meine Glut geſtehn.
O Freyheit! ein'ger Wunſch der Menſchheit angeboren,
Verkannt, wenn man dich hat, beſeufzt, wenn du verloren!
O glücklich! wer dich fühlt! O glücklich, wer entfernt
Von ſtolzer Kronen Pracht, ſich ſelber leben lernt!

O glücklichs, glücklichs Volk, vergnügt in niedern
Hütten,
Mit ungeschwächtem Muth, mit ungeschmückten Sit-
ten,
Der Tugend, der Natur und edler Einfalt treu,
Dem Fürsten unbekannt, arm, niedrig, aber frey!
Dein Herz von Lastern frey, ergiebt sich stillen Trieben;
Dein Ruhm ist Ruh, dein Glück geliebt zu seyn und
lieben:
Ein Leben ohne Zwang und der Geliebten Blick
Macht diese Welt erst schön, und Seyn zu einem Glück.

Hernicle.

Ein Chor von Christen kömmt, vielleicht um seine Kla-
gen
Der Gottheit, die es ehrt, im Tempel vorzutragen:
Sie nah'n sich diesem Platz mit traurigem Gesang.

Clorinde.

Komm! Nichts ist Traurigen verhaßter, als der
Zwang!
Komm! laß mich meinen Schmerz der Neugier Blick
entziehen;
Laß mich zum letzten Trost der Unglücksel'gen fliehen,
Zur Einsamkeit! Bald groß, bald aber wieder klein,
Wird ein gequältes Herz sich immer ungleich seyn.
Zu heftig, ohne Maaß, im Hoffen und im Lieben,
Stolz, aber schwach, bestürmt von tausend fremden
Trieben,
Kenn ich mich selber nicht. Warum hat nicht die
Schlacht
Ein Ende meiner Quaal und meiner Pein gemacht!

Geschicke, kann mein Herz dem Trieb nicht widerstreben,
O warum hast du mir kein bessers Glück gegeben!
Bestimmte mich dein Schluß zu nichts, als nur zu
       Schmerz,
O, warum giebst du mir ein allzuzärtlich Herz!

Zweyter Aufzug.
Erster Auftritt.
Sophronia, Serena.

Serena.

Wohin, Sophronia? Mit Zittern folg ich dir;
Wen sucht dein stolzer Schritt, und was begehrst du
       hier?
Hier, wo noch jeder Stein von Christenblut beflecket,
Wo mich der freche Blick der wilden Wache schrecket?
An stolzer Fürsten Hof, im prächtigen Pallast,
Ist stille Tugend stets verkannt, wo nicht verhaßt:
Die Unschuld weicht verzagt, und läßt in stolzen Zim-
       mern,
In unruhvollem Gold das Laster siegend schimmern.
Was treibt dich der Pallast, den der Tyrann regiert?

Sophronia.

Gott, seine Vorsicht ists, die mich hieher geführt.
Du hast vom Schwur gehört?

Serena.

Ich hört es, und mit Beben!
Es soll beym neuen Tag kein Christ in Salem leben,
Wann sich kein Thäter zeigt. Ich weiß, was man uns droht;
Doch ach! was können wir? Was suchst du hier?

Sophronia.

— Den Tod!

Serena.

Den Tod!. —

Sophronia.

Serena, ja! Wie süß sind Pein und Ketten,
Wie süß ist selbst der Tod, das Vaterland zu retten!
Sieh unsre Christenschaar; nimmt dich kein Schre-
cken ein?
Bedenke, diese Schaar soll morgen nicht mehr seyn.
Wie schrecklich ist dieß Bild! Wenn ich von Jugend wanke,
Erhebe du mein Herz, entzückender Gedanke!
Eh noch der Morgen kömmt, sind Sieg und Palmen dein;
Die Christen werden frey, und du wirst nicht mehr seyn;
Nicht mehr in einer Welt, wo die Tyrannen siegen;
Wo falsche Tugenden die Sterblichen betriegen;
Wo man die Weisheit höhnt, die unbekannt und still,
Sich nicht der Frevler Gluck durch Schand erkaufen will.
Dorthin, in eine Welt, wo die, die Christen waren,
Frey von der Menschen Schmerz, gesichert von Ge-
fahren,
Im

Im Schooß des ew'gen Glücks, von sturmbefreyten
Höh'n,
Mitleidend auf die Welt und unsre Thränen sehn;
Zu dieser beßern Welt erhebt sich mein Verlangen;
Voll Freuden werd ich dich einst wiederum umfangen.
Leb wohl!

Serena.

Gott! welcher Trieb!

Sophronia.

Serena, weine nicht!
Gelassen sterben, ist der Christen größte Pflicht.

Serena.

Die Pflicht befiehlt, den Tod gelassen auszustehen:
Doch das heist keine Pflicht, dem Tod entgegen gehen.
Das ist der wahre Muth, der Muth, der Christen
schmückt,
Der ohne Wunsch und Furcht den nahen Tod erblickt,
Der ihn erwarten kann: Doch trotzig und verwegen
Zeigt sich ein falscher Muth, und rennt ihm wild ent-
gegen.

Sophronia.

Ich suche keinen Ruhm, und fürchte keine Schmach;
Mein Herz ist überzeugt, und diesem folg ich nach.
Die wilde Leidenschaft kann kühn den Tod verschmähen;
Der Schwermuth finstrer Blick kann sehnlich nach ihm
sehen.
Der Hoffnung Schmeicheley macht seinen Schrecken
klein:
Er soll Bekümmerten der Sorgen Ruhplatz seyn.

Der Held sucht ihn beherzt, berauscht vom Traum der Ehre,
Von bald verschwundnen Ruhm durch blutig wilde Heere:
So soll Religion, Vernunft und wahrer Muth
Zu schwach seyn, das zu thun, was Wahn u. Hitze thut?
So soll um bessern Ruhm, um ew'ge Siegeskronen,
Ein Christ, in dessen Brust Ruh, Trost und Hoffnung wohnen,
Sich vor dem Tode scheun, den Liebe, Hoffnung, Wahn,
Und Schwermuth oder Stolz beherzt besiegen kann?
Hör meinen Vorsatz an! Die Christen sind verloren,
Wann der Tyrann erfüllt, was er im Zorn geschworen;
Wann sich kein Thäter zeigt — Ich eil zum Sultan hin!
Beherzt entdeck ich ihm, daß ich der Thäter bin,
Daß ich das Bild entführt. Er wird der Christen schonen;
Mich wird ein edler Trieb befreyen und belohnen.
Die Vorsicht wird verzeihn, daß eine Frauenlist
Zu diesem grossen Zweck das einz'ge Mittel ist.
Mein freyer Geist verschmäht des Lebens bunte Scenen,
Und sucht ein bessers Glück, nicht mehr gemischt mit Thränen.
Was hält mich hier zurück? Ein prachtlos stilles Grab
Umschließt schon lange die, die mir das Leben gab.
Mein Vater starb nach ihr — Im Aufenthalt der Freude,
Nach dem mein Herz sich sehnt, find ich die werthen Beyde.
Euphemia, die jetzt mein Tod vielleicht betrübt,
Die Freundinn seltner Art, die dich als Mutter liebt,

Die uns erzog, die wird zwar anffangs trostlos weinen;
Doch durch Religion wird ihr erträglich scheinen,
Was Anfangs bitter war, — Serena, tröste sie;
Sag ihr: Sophronia vergißt die Treue nie,
Mit der du sie geliebt, und eilt zu jenen Höhen,
Zugleich für dich und sich den Schöpfer anzuflehen;
Leb wohl und tröste sie! Du lebst, sie hat ja dich,
Fällt gleich Sophronia. Klagt nicht zu sehr um mich!
Die Vorsicht wacht für euch, sie wird die Christen
retten;
Vielleicht bricht Gottfrieds Arm die lang getragnen
Ketten:
Vielleicht war auch Olint zum Ritter ausersehn.
Der Herr beschließt und winkt, daß Länder untergehn.
Oft hat der Allmacht Schluß, wenn uns ein Feind ge-
schrecket,
Zugleich zu unserm Schutz auch Helden auferwecket.

Serena.
Olint! Ist er ein Christ? — Wie kann er uns befreyn?

Sophronia.
Er ist zu tugendhaft, um nicht ein Christ zu seyn.
Was seine Seele denkt, muß noch sein Mund ver-
schweigen;
Selbst zu der Christen Schutz darf er sich noch nicht
zeigen.
Die Vorsicht schickt umsonst nicht Seelen in die Welt,
Zu groß zur irrd'schen Last, die sie gefesselt hält,
Doch ihre Absicht bleibt den Sterblichen verborgen.
Verbannt die niedre Furcht, verbannt die trüben Sor-
gen!

Wer weiß, zu was das Glück Olinten ausersah?
Sprich, wann du ihn erblickst: Es starb Sophronia!
Sie starb, um die Gefahr der Christen abzuwenden;
Beschütz dieß arme Volk! Dein Leben muß vollenden,
Das, was ihr Tod beginnt — Komm, such der Freun-
          binn Grab:
Sie segnet dich von fern, und sieht auf dich herab;
Sie segnete dich noch im letzten Augenblicke,
Da sie zum Tode gieng: o denk an sie zurücke!
Halt ihr Gedächtniß werth — So sprich — Rührt
          stiller Schmerz
Und frommer Wehmuth Zug Olintens edles Herz:
Wenn eine Zähre fließt, so sprich — Doch nein! entflie-
         het,
Gedanken, die ihr mich zur Welt zurücke ziehet!
Das Bitterste von dem, was ich erdulden muß,
Ist dieser Augenblick und dieser Abschiedskuß.
       (Sie umarmet Serena.)
Leb wohl! dein künftig Glück seh ich in deiner Tu-
        gend:
Sag den Gespielinnen der unschuldvollen Jugend,
Den Freundinnen, die sonst das Leben uns versüßt,
Sag ihnen, daß das Glück, das bald der Geist genießt,
Wann er vom Körper frey sich zu den Sphären schwin-
         get,
Wo ew'ge Harmonie das Lob des Ew'gen singet,
Mich doppelt reizen wird, weil mir die Hoffnung sagt:
Du wirst hier diese sehn, die einst um dich geklagt!
Sag ihnen: Folgt getrost des Glaubens heil'gen Leh-
         ren;
Dieß wünscht Sophronia: verschwendet keine Zähren;
             Sie

Ein Trauerspiel.

Sie wird euch wieder sehn, wenn ihr die Tugend liebt.
Und jetzt, jetzt lebet wohl! Seyd nicht um mich betrübt!
Serena, lebe wohl!

Serena.
Ach, laß mich mit dir sterben!
Kann dich der nahe Tod nicht schrecken, nicht entfärben?
Die Marter, die vielleicht —

Sophronia.
Gott wird mein Herz erhöhn;
Er hilft den Gläubigen die Marter überstehn.
Mich wird des Sultans Wuth in strenge Fesseln
schliessen;
Ein Kerker schreckensvoll, mit traur'gen Finsternissen,
Wird bald mein Wohnplatz seyn, bis daß die Zeit er-
scheint,
Daß selbst der Sultan sagt: sie hat genug geweint;
Gebt ihr nunmehr den Tod! Wie leicht sind Schmach
und Banden,
Wie leicht ist aller Schmerz des Todes überstanden!
Der Augenblick ist da. Es eilt der Geist befreyt
Zu seinem Ursprung auf: der Körper unentweiht
Sinkt hin im blut'gen Staub — Bewahret ihn vor
Schande;
Bedeckt ihn, Freundinnen, mit Schutt und leichten
Sande!
Und, wird es euch erlaubt, o so begrabt mich hin,
Daß ich beym stillen Grab der theuren Mutter bin,
Dort, wo die Christen ruhn. Es geb kein Stein zu
lesen,
Wo meine Leiche ruht, und wer ich einst gewesen!
O Vor-

O Vorsicht, laß mein Blut doch ungeráchet seyn!
Zum Himmel muß es nie um Rache flehend schreyn!
Erleucht der Feinde Herz, an statt sie zu bestrafen;
Laß in der Erde Schooß den Körper ruhig schlafen,
Bis da der Tag erscheint, da die Posaune tönt,
Und ewig heitres Licht, verklärte Christen krönt.

Serena, (weinet.)

O Schmerz! O Zärtlichkeit! Sophronia — Die Liebe —
Bewundrung — Wehmuth — Ach!

Sophronia.

Bezähme deine Triebe!
Leb wohl zum letztenmal!

Serena.

Leb wohl! Mein Herze bricht.
Ach!

Sophronia.

Flieh — der Sultan kömmt. Serena! weine
nicht!

Zweyter Auftritt.

Aladin, Ismenor, Argant, Wache, Sophronia.

Aladin.

Kommt, folget mir zum Heer! Ich will die Helden sehen,
Die der Gerechtigkeit im Kämpfen beyzustehen,
Uns

Ein Trauerspiel.

Uns Persien gesandt — Olint ist noch nicht hier!
Er sucht den Frevler auf —

Sophronia.

Herr, du erblickst in mir,
Die dir das Bild entführt. Verschon das Volk der
Christen;
Ich seh die Deinen sich zu ihrem Tode rüsten;
Halt ein, und wende nur den Zorn auf mich allein!
Ganz sey die Ehre ihr; ganz sey die Strafe mein;
Dein Eidschwur wird erfüllt.

Aladin.

Du bist es — Du willst sterben?
So jung noch eilest du freywillig zum Verderben?
Kaum kann ichs glauben! —

Sophronia.

Herr, sollt ich die Christen sehn,
Bloß weil ich strafbar bin, unschuldig untergehn?
Nein, dieses kount ich nicht. Verschon der Christen
leben:
Der Thäter will sich selbst der Marter übergeben.

Aladin.

Eilt! legt ihr Fesseln an; führt sie zum Kerker hin;
Wenn ich von unserm Heer zurückgekommen bin,
Will ich sie wieder sehn.

Sophronia.

Willkommen, werthe Bande!
Verbrechern seyd ihr schwer; ihr selbst bringt keine
Schande;

Der

Der Unschuld seyd ihr leicht — Stolz auf die edle That,
Daß ich das Bild geraubt, betrett ich kühn den Pfad,
Der zu dem Tode führt; der noch benetzt vom Blute
Der Christen, deren Geist mit unerschrocknem Muthe
Welt, Schmerz und Tod besiegt. Des Kerkers dunkle
                                        Nacht
Wird mir doch durch den Strahl der Hoffnung hell
                                     gemacht.
Der Gottheit heiligs Wort vertreibt aus meinem Her-
                                          zen
Die niedre Menschenfurcht, den Kummer und die
                                     Schmerzen.
O Tod, erwünschter Port, der Sorgen beste Ruh!
Wie freudig pocht mein Herz! Mein Auge winkt
                                      dir zu:
Komm, und befreye mich! Des Glaubens hohe Lehre
Stärkt meine Schwachheit, komm! komm! du sollst
                                     keine Zähre
Auf diesen Wangen sehn.

       Zur Wache, (indem sie abgeht.)

               Du staunst — o sieh hierbey,
Wie leicht, wie süß der Tod den wahren Christen sey.

Dritter Auftritt.

Aladin, Ismenor, Argant, Olint, Evander.

               Argant.

Das Heer erwartet dich, Herr!

Ein Trauerspiel.

Aladin.

Ihre Schönheit blendet;
Ihr Muth macht mich erstaunt. Mein Blick auf sie gewendet,
Verlor sie mit Verdruß. Laßt uns zum Heere gehn!
Hilf mir dem niedern Trieb des Mitleids widerstehn,
Ismenor! Stärke mich, mich gegen sie zu rüsten!

Olint, (der sich dem Sultan zu den Füssen wirft.)
Herr! höre mich! verzeih! den Schwur, daß du die Christen —

Aladin.
Mein Zorn verschonet sie; der Thäter ist entdeckt:
Erwart mich hier, Olint.

(Geht mit dem Gefolge ab.)

Vierter Auftritt.

Olint, Evander.

Olint.

Der Thäter ist entdeckt!
Und noch läßt man mich frey. — Ich eilt es, zu entdecken;
Mein Herz, zum Tod bereit, verschmähte seine Schrecken;
Jezt hör ich, daß das Volk der Christen sicher sey,
Daß man den Thäter kennt; und doch läßt man mich frey?
Hat Gott das harte Herz des Aladin beweget,
Und Triebe höhrer Art in seiner Brust erreget?

Ist

Ist er nicht mehr, wie sonst, der Christen ärgster Feind?
Oft, wann uns die Gefahr am allernächsten scheint,
Zeigt sich die Vorsicht uns, und Recht und Unschuld
                                siegen.

Evander.

Vertraue nicht, mein Sohn, Hoffnungen, die betriegen!
Da sie zu leichtlich glaubt, irrt muntre Jugend oft;
Das Alter quält sich selbst, weil es zu wenig hofft:
Dieß ist der Menschheit Loos: Wir irren, wir bereuen,
Bis daß uns Zeit und Tod belehren und befreyen.
Den Ausgang künft'ger Zeit verhüllt der Vorsicht
                                       Macht
Neugier'gen Sterblichen, mit undurchbrungner Nacht.
Zu ihrem Endzweck weiß sie alles zu vereinen,
Lacht unsrer Hoffnungen, u. zürnt oft, wann wir weinen.
Sohn, hoffe nicht zu früh! Glaub nicht, daß Aladin
So schnell zu bessern ist! Zu Grausamkeiten kühne,
Doch weichlich und verzagt, Ismenorn überlassen,
Weiß sein verwirrter Geist sich niemals recht zu fassen.
Olint, du kannst dich noch vielleicht dem Tod entziehn,
Und still und unerkannt aus diesen Mauern fliehn.
Flieh — Geh zum Gottfried hin! sein Heer ist nicht
                                     mehr ferne;
Versteck dich, bis die Nacht, bey blassem Licht und
                                     Sterne,
Gelegenheit dir giebt, aus dieser Stadt zu gehn.
Ihr Wächter, die bestimmt, der Tugend beyzustehn,
Unsichtbar um uns schwebt, begleitet ihn, und bringet
Ihn zu der Christen Heer, das Salems Burg umringet.
Verdoppelt um ihn her die Schatten finstrer Nacht!
Geh! lebe wohl, mein Sohn! die treue Vorsicht wacht,
                                           Und

Und bringt dich glücklich hin! Werd ich dich noch er-
blicken?
Wird nicht des Todes Schlaf die müden Augen drücken,
Eh sie dich wieder sehn? — Leb wohl, und denk an
mich!
Wann ich im Grabe ruh, dann schwebt mein Geist um
dich,
Dich noch einmal zu sehn, eh er sich aufwärts schwinget,
Und in das lichte Chor belohnter Seelen bringet.

Olint.

Ich fliehn? Mein Vater, ich? Evander ists, der
spricht?
Nein, deine Seele denkt, was du mir helffest, nicht:
Du bist noch der du warst. Du würdest selbst mich
hassen,
Wann ich vermögend wär, die Christen zu verlassen.
Bedenke die Gefahr! Bedenk des Sultans Schwur!

Evander.

Olint, es siegt in mir Empfindung und Natur:
Ich thäte, was du thust: Ich würde ruhig sterben,
Könnt ich durch meinen Tod der Christen Heil er-
werben.
Doch ach! wenn ich dich seh — Es schwächt der Mensch-
heit Schmerz,
Und treue Zärtlichkeit mein unentschlüßig Herz.
Folg deinem Triebe nach! Der Gott, der dich regieret,
Der uns den schmalen Pfad durch Schmerz und Trüb-
sal führet,
Gott leite dich und mich! Bedenk, wenn du mich liebst,
Daß du mir, wenn du lebst, das Leben wieder giebst!

leb! — Hört die Vorsicht nicht auf meine treue Kla-
    gen,
So — hartes, hartes Wort! — Ach — kann ichs —
    muß ichs sagen?
So stirb — stirb, liebster Sohn, und zeige, daß ein
    Christ
Auch in der Marter groß, im Tode muthig ist!
Sinkt gleich mein graues Haupt betrübt im Staube
    nieder,
Ja, stirb —

Olint.

An diesem Wort kenn ich den Vater wieder.
Evander! ja, dein Sohn soll deiner würdig seyn.
Vergnügt eilt er, sein Blut der Christen Heil zu weihn:
Hör auf, mir meinen Tod mit Klagen zu verbittern:
Evander! Ja, dein Sohn soll sterben und nicht zittern.
Was ist der Augenblick, den man den Tod genennt,
Den man aus Schwachheit scheut, und den doch keiner
    kennt?
Auf dornenreicher Bahn, auf unruhvollen Wegen,
Gehn wir aus bittrer Müh der sichern Ruh entgegen,
Verfolgt, gequält, betrübt; und dennoch zittern wir,
Wann wir dem End uns nahn. Voll stürmischer
    Begier,
Durcheilen wir den Pfad, und sehen kaum zurücke:
In den Entfernungen entdeckt sich unserm Blicke
Ein friedsam kühles Thal, das unsre Reise schließt,
Wo einsam stille Ruh der Lohn der Arbeit ist:
Und dennoch wünschen wir, wenn wir dem Thal uns
    nahen,
Das wir von fern getrost, als unsern Ruhplatz sahen,

Noch auf dem Weg zu seyn, der uns so mühsam schien;
Wir wünschen oft den Tod, und zittern doch vor ihn.
Nur die Religion kann durch die Dunkelheiten
Uns in das Thal der Ruh vergnügt und glücklich leiten.
Wie leicht vergißt, wer still beym nahen Ziele sitzt,
Die Dörner, die vielleicht ihn auf dem Weg geritzt.
Ich such den Sultan selbst — Ach! seh ich nicht Sere-
nen?
Sie scheint verzweiflungsvoll! Was sagen ihre Thrä-
nen?

Fünfter Auftritt.

Serena, Olint, Evander.

Serena.

Ich suche dich, Olint! Ist keine Hülfe da?
Wenn du nicht retten kannst, so stirbt Sophronia.

Olint.

O Himmel! Sie? —

Serena.

Vielleicht kann sie dein Flehn noch retten!
Sie kam zum Aladin — Nun ist sie schon in Ketten.
Sie kam zum Aladin, und gab sich fälschlich an.
So sagte sie: Ich wars, die heut den Raub gethan,
Die euch das Bild entführt.

Evander.

O Großmuth!

Serena.
Sie will sterben,
Und will mit ihrem Blut der Christen Heil erwerben.
Olint.
Sophronia?
Serena.
Vielleicht hört Aladin auf dich;
Vielleicht verzeiht er ihr. Ihr Eifer zürnt auf mich,
Wenn sie erfahren wird, was ich aus Liebe wage,
Und dir von ihrem Schluß und ihrem Schicksal sage.
Olint.
O Muth! Sophronia! — Erhabnes edles Herz!
Wie kämpfen nicht in mir Bewundrung, Lust und
Schmerz!
Du hörst, du siehst es, Herr! Sollt ich sie nicht verehren?

(Zu Evander.)

Kann man bey Sterblichen von größrer Tugend hören?
Sie soll nicht sterben, nein! Mein Herz war schon bereit;
Mein Schluß war schon gefaßt! Jezt ists zum Tode Zeit!
Jezt kann mein Tod zugleich ihr edles Leben retten;
Sie kam zum Aladin? Sie lieget jezt in Ketten?
Tyrann! —
Evander.
Gott, dessen Hand in Schwachen mächtig ist!
Ich sehe deine Macht — Wann eine Thräne fließt,
Verzeih! Ihr edles Blut verdienet meine Zähren.
So soll Sophronia die Christen sterben lehren!

Ein

Ein Weib! o Christenmuth! O könnt ich doch allein
Das Opfer deiner Wuth, ergrimmter Sultan, seyn!

Olint.

Ich eile hin, getrost! Sophronia soll leben;
Ich weiß den sichern Weg, die Freyheit ihr zu geben.
Evander, lebe wohl!

Evander.

Stirb nicht, mein Sohn — o Schmerz!

Olint.

Gott sende starken Trost in sein gequältes Herz!
Und du, Serena, geh! Vielleicht wird dir vergönnet,
Sophronien zu sehn — Du, der mein Herz erkennet,
O Herr! regiere mich! laß meine Triebe rein,
Und jeden Augenblick der Krone würdig seyn,
Die mir der Tod ertheilt, die ich mit Freuden wähle;
Und du, Sophronia, erhabne schöne Seele,
Wie groß ist nicht dein Muth! wie groß des Glaubens
                                      Macht,
Der in der Unschuld Reiz dem Tod entgegen lacht!
Die leidende Geduld naht freudig sich dem Grabe,
Entzückendes Geschlecht! die letzte beste Gabe,
Die Gott der Welt erschuf, wie engelgleich, wie rein,
Kann nicht dein edles Herz, geschmückt von Unschuld,
                                      seyn:
Wann die Religion, wann ungeschminkte Tugend,
Frey von den Reizungen, die zügelloser Jugend
Nur zu gefährlich sind, den sanften Geist erhöhn,
Der ohne Schwermuth fromm, und ungekünstelt
                                      schön,

Die Gottheit dankvoll ehrt; wann reine Menschenliebe
Dein grosses Herz erfüllt, nur fähig edler Triebe;
Wann weder Wahn noch Stolz es ändert und erhebt,
Und ein noch schönrer Geist den schönen Leib belebt.

Evander.

O Vorsicht, segne das, was er jezt unternommen!
Ich seh der Christen Chor aus ihrem Tempel kommen:
Allein zu beten eilt mein Herz dem Tempel zu:
Dort finden allezeit gequälte Seelen Ruh.
Ich eil, o Schöpfer, dich mit Thränen anzuflehen;
Verleih mir Muth genug, dieß alles auszustehen!

Dritter Aufzug.

Erster Auftritt.

Aladin, Ismenor, Argant, Wache,
hernach Sophronia gefesselt.

Aladin, (zur Wache.)

Bringt die Gefangne her! (zu Ismenor.) Ich will
den Glauben rächen;
Du weckest meinen Zorn. So schwer, als das Verbrechen,
Soll auch die Strafe seyn. Ismenor schilt mit Recht
Die Sanftmuth, deren Trieb der Fürsten Hoheit
schwächt.

Das

Ein Trauerspiel.

Das Herz der Sterblichen hat sich so sehr verkehret,
Daß Nachsicht und Geduld nur ihre Bosheit mehret.
Sie folgen ohne Reu dem Trieb, der sie erhitzt;
Und glauben keinen Gott, weil Gott nicht auf sie
blitzt.
Durch Quaal und Strafe muß der Bürger dieser
Erden
Von Wuth und Frevelthat zurück gehalten werden.
Sie sind nur, wenn man sie mit strenger Marter straft,
Aus Furcht der Strafe fromm, aus Zagheit tugend-
haft.

Ismenor.

Ein Christ scheut nicht den Tod, er scheuet kein Ver-
brechen,
Wann Eifer, Eigennutz und Aberglaube sprechen:
Er folget ihrem Trieb, und giebt aus Eigensinn
Oft Ehre, Glück und Blut für seine Träume hin.
Sie kömmt! Man kann den Stolz aus ihren Schritten
sehen;
Sie scheint zu Thron und Sieg, und nicht zum Tod
zu gehen.
Das ist die Strafbare!

Sophronia.

Sind Straf und Martern da?
Soll ich zum Tode gehn? Hier ist Sophronia.

Aladin.

Tritt näher! (Zu Ismenorn.) Fürchte nichts! Kein
Meineid soll mich rühren!
Allein warst du zu schwach, den Frevel auszuführen;

Wer gab dir Hülf und Rath? Wer half zum Raube?
Sprich!
Verstockte! schweigst du noch? Wer ist der Thäter?
Olint, (der sich unter der Wache, unter welcher er
gestanden, auf einmal hervor drängt.)
Ich!
Aladin.
Olint!
Sophronia.
Was seh ich? Ach!
Olint.
Für mich sind Tod und Ketten:
Ich wars, der dein Geboth großmüthig übertreten;
Ich war es, der das Bild aus der Moschee geraubt,
Ich, den Jerusalem der Christen Feind geglaubt.
Ismenor wüthe nun! Ich bins, bereit das Leben,
Für Gott und Christenthum, in Martern aufzuge-
ben.
Euch täuscht Sophronia mit einer frommen List:
Hier ist der, den ihr sucht; hier, Sultan, ist ein Christ.
Aladin.
Olint! Olint ein Christ? o Himmel, kann ichs glauben!
Sophronia.
Olint so willst du mir die Märterkrone rauben?
Warum beneidest du den Tod, der mir gebührt?
Ich bin es, die das Bild aus der Moschee entführt.
Ich bin zum Tod bestimmt! (Zu Aladin.) Herr, glaub
ihm nicht, und wähle
Die Marter nur für mich: auch hier ist eine Seele,
Die

Die Quaal und Tod nicht scheut; auch hier, hier pocht
ein Herz,
Das ew'ger Kronen Ruhm mit bald verschwundnem
Schmerz
Vergnügt erkaufen will.

Olint.

Ich bin entzückt und bebe
Zugleich bey deinem Muth. Laß mir den Tod und lebe!
Nur ich begieng den Raub. O Sultan, glaube nicht,
Bey dem, was ich entdeckt, was ihre Großmuth spricht!
Sie hat dich nicht erzürnt: Ich wagt es! Weil die
Schatten
Die Wache müd gemacht, und theils zerstreuet hatten,
Eilt ich in die Moschee, von Eifer angefüllt;
Ich gab dem treusten Knecht das wundervolle Bild:
Der trugs dem Gottfried hin. Sieh die bescheidne
Tugend
Im Blick Sophroniens, die Blüth der heitern Jugend,
Den unschuldsvollen Reiz. Wie kann ein Argwohn
seyn,
Daß sie das Bild geraubt, entwafnet und allein,
Bey schauervoller Nacht? Ich wars, von Gott regieret,
Der diese grosse That beschloß und ausgeführet,
Von unsrer ganzen Schaar, die mich als Feldherrn
kennt,
War meinem Knecht die Flucht zu Gottfrieds Heer
vergönnt.
Noch lag Pallast und Stadt versenkt in tiefem
Schlafe;
Ich that nach meiner Pflicht, thu jetzt die deine; strafe!

Aladin.

Verdient hast du den Tod — Ich staune zweifelsvoll;
Ich bin bestürzt, erzürnt, und weiß nicht, was ich soll:
Ein jedes wählt den Tod, und pocht auf sein Verbrechen.
Erzittert! Aladin kann sich an beyden rächen.
Ismenor! untersuch, wer der Verbrecher sey,
Der mir das Bild geraubt! Du bist so klug, als treu;
Ich bin zu sehr von Wuth und Zweifel eingenommen;
Ich eil in den Pallast, um zu mir selbst zu kommen.

Zweyter Auftritt.

Ismenor, Wache, Olint, Sophronia.

Ismenor.

Ihr Frevler! machet euch zum nahen Tod bereit;
Nun ist es nicht zum Muth, nun ists zur Reue Zeit.
Ihr! fesselt den Olint — Sagt euren Träumereyen
Und eurer Bosheit ab; nur dieß kann euch befreyen;
Die Marter schreckt oft den, den nie der Tod entfärbt;
Entdeckt die Wahrheit frey, entdeckt sie, oder sterbt!

Olint.

Zu glücklich wärest du, wenn dir das Glück vergönnte,
Daß deine Drohung Furcht und Zorn erwecken könnte.
Sophronia! Warum erwählest du den Tod?
Nichts fühl ich, als den Streich, der deinem Leben droht.
Warum willst du mir nicht den edlen Vorzug lassen,
Für Gott und Vaterland und Glauben zu erblassen?
Mir, der die That verübt? Was ist noch auf der Welt,
Das meine Hoffnung reizt, und mich zurücke hält?

Für

Für dich, für dich allein, hätt ich gewünscht zu leben.
Gott, hofft' ich, sollte mir, gerührt von Thränen, geben,
Wornach ich still geseufzt: ich hoffe mit der Zeit. —
Gott, der mit weiser Macht die Hoffnungen zerstreut,
Die uns am werthsten sind, Gott hat es mir versaget:
Ich schweig und beth ihn an — Noch wünschet, und
 beklaget,
Da er die Welt verläßt, mein Geist nichts mehr, als
 dich.
Sophronia! nur jezt, nur jezt erhöre mich!
Laß mich dem Tod allein beherzt entgegen gehen;
Dieß kann ich — Aber ach! dich, dich in Ketten sehen,
Nein, dieß nur kann ich nicht. O lebe! schmück die Welt
Noch länger, wenn sie gleich dem edlen Geist misfällt,
Der zu dem hohen Flug Unsterblicher gewöhnet,
Sich, allzugroß für sie, nach seinem Ursprung sehnet;
Leb — lasse dem Olint den Ruhm, den er erwirbt,
Daß er für dich gelebt, und für den Glauben stirbt.

Sophronia.

Olint! was stöhrest du die Ruhe meiner Seele?
Warum misgönnst du mir die Zuflucht, die ich wähle?
Den Tod? Warum bringst du mein schon entschloßnes
 Herz,
Das nach dem Himmel seufzt, zurück zu Welt und
 Schmerz?
O wende Wunsch und Trieb auf höh're Gegenstände!
Wir nah'n uns schon dem Port; schon sehen wir das
 Ende
Von Wunsch und Hoffnung nah. Ist jezt zur Zärt-
 lichkeit,
Ist es zu weichlicher betrübter Wehmuth Zeit?
 Laß

Laß, laß mich ungestöhrt, was ich begann, vollenden!
Der Sieg erwartet mich mit Palmen in den Händen.
Wenn du mich wirklich liebst, wie deine Schwachheit
spricht,
Olint, so raube mir die Märtrerkrone nicht!
Der Geist, den du geliebt, wird von gestirnten Höhen,
Von Schmerz und Thränen frey, dich freudig wieder
sehen.
Leb, wann es möglich ist!

     Olint.
      Wie kann ich ohne dich?

    Sophronia.
Ich bin zum Tod bestimmt.

     Olint.
    Dein Tod entseelt auch mich.

    Sophronia.
Den Muth, der dir gebricht, wird dir der Himmel
geben.

     Olint.
Zum Sterben hab ich Muth, doch nicht genug zum
Leben.

    Sophronia.
Sey glücklich ohne mich!

     Olint.
    Der Tod ist mir mein Glück.

    Sophronia.
Unglücklich edler Streit.

        Olint.

Ein Trauerspiel.

Olint.
Betrübter Augenblick!
Sophronia.
Olint!
Olint.
Sophronia!
Sophronia.
Entschließe dich, zu leben!
Olint.
Für wen?
Sophronia.
Um lebend noch die Vorsicht zu erheben;
Für das verlaßne Volk, für Christenthum und Pflicht!
Olint.
Verbittre meiner Treu die letzte Stunde nicht!
Laß mich zum Tode gehn!
Sophronia.
Verberget euch, ihr Thränen!
Olint.
Ist dieß der Hoffnung Zweck, das Ziel von meinem Sehnen?
So schmerzhaft hätt ich nicht den nahen Tod geglaubt!
Sophronia.
Zu viel hat unser Herz der Schwachheit schon erlaubt:
Olint, ermuntre dich! Die Zeit wird bald erscheinen,
Die ewig uns vereint: der Tod winkt; und wir weinen!
Ist dieß des Glaubens Pflicht? ist dieß der hohe Muth?
Der Sultan wird versöhnt durch des Verbrechers
Blut.

Ich

Ich eil zum Tode; leb, doch ohne dich zu kränken!
Es werde deine Quaal ein sanftes Angedenken,
Das deinen Geist erhöht, doch nicht zu sehr betrübt!
In einer bessern Welt lebt, was ich sonst geliebt,
So sprich! Es wird mein Geist unsichtbar um dich
schweben;
Von höh'rer Lust entzückt, seh ich dein edles Leben.
Wohin du gehst, geht auch, mit unsichtbarem Tritt,
Der Geist Sophroniens, befreyt vom Körper, mit:
Treibt edle Schwermuth dich in öde Einsamkeiten.
So werd ich dich im Hayn, in dem du weinst, begleiten;
Unsichtbar weh ich dir Empfindungen der Ruh,
Und Trost und Seligkeit mit geist'gen Schwingen zu.
Ich will bey trüber Nacht um deinen Wohnplatz schlei-
chen,
Und da Gefahr und Angst, und bangen Schmerz ver-
scheuchen;
Aus reiner Liebe Trieb: stillschweigend lispl ich dir
Erhabne Träume zu vom Himmel und von mir.
Voll Freude, wenn dein Herz durch tugendhafte Triebe
Sich stets vollkommner macht, stets würdger meiner
Liebe.
Wenn denn die Zeit sich naht, die deinen edlen Geist
Dem Körper und der Welt, die du geziert, entreißt;
Dann eil ich froh herab mit himmlischem Entzücken,
Dir mit gelinder Hand die Augen zuzudrücken:
Der Menschheit Nebel flieht: dann siehst du himmlisch
schön
Sophronien verklärt an deiner Seite stehn.
Dann will ich deinen Geist zu jener Höh' begleiten,
Und seinen ersten Flug zum Thron des Ew'gen leiten.

Olint.

Ein Trauerspiel.

Olint.
O Zärtlichkeit! O Schmerz!

Ismenor.
Ihr höhnet meine Macht,
Auf eure Träume stolz: des Kerkers öde Nacht
Umschliesse dieses Paar! Entfernt sie!

Sophronia.
Deine Lehre,
Religion! erstickt der Schwachheit letzte Zähre.
Olint, leb wohl!

(Sie geht ab.)

Ismenor, (zum Olint, den die Wache abführen will.)
Olint, bleib hier und höre mich!
Du wirst vom Heer geliebt, der Sultan schätzet dich;
Entschliesse dich, dem Wahn der Christen abzusagen!
Zum letztenmal, Olint! will dich Ismenor fragen:
Bist du ein Christ?

Olint.
Vergnügt eil ich zur Marter hin;
Ich sterb und zittre nicht: und du fragst, wer ich bin?
Das Christenthum allein kann so viel Stärke geben;
Nur dieses lehret uns so sterben, wie wir leben.
Ich bin ein Christ.

Ismenor.
Geh hin, Verstockter, zu der Pein,
Die du verdienst! Geh hin! auf, Wache!

Drit-

Dritter Auftritt.

Clorinde, Ismenor, Olint, Hernicie, Wache.

Clorinde.
Haltet ein!
Ich will Olinten sehn, und ihn alleine sprechen.

Ismenor.
Du wünschest ihn zu sehn; und kennst du sein Ver‑
brechen?

Clorinde.
Ich weiß es, geh von hier!

Ismenor.
Der Sultan —

Clorinde.
Sag ihm an,
Daß ich es dir geboth! Entweich!

Ismenor.
Olintens Wahn —

Clorinde.
Geh, sag ich! —

(Ismenor geht ab, die Wache bleibt von ferne, hinten auf der Bühne stehen.)

Ist es wahr, Olint, was ich gehöret?
So hat das Christenthum dein edles Herz bethöret?
Jedoch dich tadl' ich nicht: wer überzeuget wird,
Muß (wenn auch gleich sein Herz aus Ueberzeugung
irrt)

Die

Ein Trauerspiel.

Die Wahrheit frey gestehn, für die sein Busen brennet;
Wer nicht den Glauben ehrt, zu dem er sich bekennet,
Ist stets ein Bösewicht. Wer Gott und Tugend ehrt,
Nur der glaubt, wie er soll. Wer die Gesetze stöhrt,
Die Unschuld unterdrückt, der Welt die Ruh zu rauben
Sich frevlend untersteht, der schändet jeden Glauben.
Allein nie heischt die Pflicht, von blindem Eifer glühn,
Der Menschheit Glück verschmähn, und aus dem Leben
                    fliehn!
Reizt dich die Ehre nicht? die Tugend zu belohnen,
Erwartet sie dich schon mit neuen Siegeskronen.
Gefällt dir Macht und Thron — Wer weiß, ob nicht
                    die Zeit
Dir Länder unterwirft — Trau deiner Tapferkeit!
Du bist der Erste nicht, der sich empor geschwungen,
Und dem der Schickung Hand selbst Kronen aufge-
                    drungen.
Rührt dich das stille Glück erhabner Zärtlichkeit;
Vielleicht seufzt manches Herz für dich schon lange Zeit,
Das seine Gluth verschweigt; ein Herz, das für dich
                    brennet,
Das deinen ganzen Werth empfindet und erkennet;
Das deiner würdig ist — Reizt dich kein künftig Glück,
Und hält dich nichts vom Tod, den du gesucht, zurück;
So wünscht es hoffnungsloß, das ihm das Glück ver-
                    gönnte,
Daß es dich wenigstens im Tod begleiten könnte.

          Olint.

Der Ehre stolzer Glanz, der Krone schwere Pracht
Rührt dieses Herz nicht mehr. Des Glaubens heil'ge
                  Macht

    D   Will,

Will, daß wir unsern Wunsch auf höh're Güter lenken;
Auch an die Zärtlichkeit ist nicht mehr Zeit zu denken.
Prinzeßin, lebe wohl! Dein großmuthvolles Herz,
Ehrt mich im Tode noch, durch Mitleid und durch
                                              Schmerz.
Der Himmel segne dich! leb glücklich!
              Clorinde.
                              Ich soll leben!
Olint, so willst du mir den letzten Abschied geben?
Den letzten — Ach! mein Herz verräth sich allzusehr —
Ihr Thränen, haltet ein — Ich kenne mich nicht
                                             mehr —
Olint! so kann dich nichts dem nahen Tod entziehen?
              Olint.
Auch, wenn ich zitterte, könnt ich ihm nicht entfliehen;
Der Sultan schwur den Tod dem, der das Bild ent-
                                              führt.
              Clorinde.
Vielleicht wird durch Verdienst des Sultans Herz ge-
                                             rührt;
Vielleicht wird unversehns sich Trost und Hülfe zeigen.
              Olint.
Nein, eines Fürsten Zorn läßt sich so leicht nicht beug[en]
              Clorinde.
Ein einzig Mittel bleibt, dich schleunig zu befreyn;
Du kannst es wählen.
              Olint.
                     Ich! Wie?
              Clorinde.
                         Selbst ein Fürst zu seyn —
                                                Du

Ein Trauerspiel.

Du staunst! Erkenne mich! ich kann nicht länger
                    schweigen;
Verstellung oder Stolz sey niedern Seelen eigen.
Olint ist in Gefahr, und ich bin außer mir —
Bewundernd sah ich oft im Krieg und Schlacht nach
                    dir;
Mein Herz, das vor sich selbst sich zu entdecken scheute,
War wider meinen Ruhm und meinen Stolz im
                    Streite.
Dein Unglück aber reißt die ganze Seele hin,
Und jezt erkenn ich erst, wie klein, wie schwach ich bin.
Jezt da dich alle die, die dich verehrten, hassen,
Da du zur Pein bestimmt, von jedermann verlassen,
Verbrechern gleich gestellt, unglücklich und ein Christ,
Dem furchtbarn Tode nah, im Tod noch elend bist;
Jezt wag ichs zu gestehn: jezt kenne meine Triebe!
Ich liebe dich, Olint, und stolz auf meine Liebe,
Stolz, daß dir meine Macht dein Leben retten kann,
Bieth ich dir Herz und Herz, und Kron und Purpur
                    an.
Erstaunen seh ich mehr in deinem Blick, als Freude.
Olint, bedenke dich! Ein Wort beglückt uns beyde.
Sprich nur ein Wort, Olint, so sind die Persen schon
Dich zu beschützen da. Besteig mit mir den Thron!
Es wird, von dir beherrscht, mein Volk nie unterliegen,
Europen furchtbar seyn, und Asien besiegen.
Wirst du mein Herz verschmähn? Du schweigst —
                    Entschließe dich:
Und wenn du zweifeln kannst — so zittre!

Olint.

Strafe mich —
                                                    Ich

Ich bin nicht deiner werth! Erschaffen zum Verderben,
Will ich, bestimmt zur Quaal, auch unerschrocken sterben.

Clorinde.

Verstumm — das ist genug — Ihr Götter, blitzt auf
mich!
Verberget meine Schmach — ich bin verachtet, ich —
Er haßt mich — Ich verschmäht! erniedrigt! Frevler,
fliehe,
Flieh, sag ich!

Olint.

Eh der Tod mich deinem Zorn entziehe,
Hör die Vertheidigung des Unglückfel'gen an,
Der froh, daß dir sein Tod die Ruhe geben kann,
Die bir sein Leben nahm, vergnügt zu sterben eilet.
Des Todes Streich wird hart, bloß weil er lang ver-
weilet.
O, hätt' ich ihn verlangt, Prinzeßinn, eh der Schmerz,
Dich zu beleidigen, mein unruhvolles Herz
Unglücklicher gemacht! Sink ich im Staube nieder:
So wirst du ruhiger, dein Herz vergißt mich wieder.

Clorinde.

Verräther, kann ich es?

Olint.

Ich liebe lange Zeit
Das Herz Sophroniens mit stiller Zärtlichkeit:
Ich unterfieng mich nie, zu dir mein Aug —

Clorinde.

Du liebest?
Dir dank ich, daß du mir den Geist der Rache giebest,
Ge-

Ein Trauerspiel.

Geschick, das mir das Glück der Zärtlichkeit versagt!
Er liebt! Unglücklicher, hast du es mir gesagt?
Nun zittre! — Du sollst bald Clorindens Wuth empfinden:
Ich will, ich will den Weg, dich zu bestrafen, finden.
Er liebt Sophronien. Verschmähter Liebe Wuth
Kann nicht besänftigt seyn, und fordert Rach und Blut.

Olint.

Nein, ich bin strafbar, mich laß deinen Zorn empfinden!
Ach, was hab ich gethan! — Kann dich nichts überwinden?
Verschon Sophronien — Du schweigst — ein einzigs Wort
Beruhiget mein Herz — Laß —

Clorinde.

Wache, reißt ihn fort!
(Olint, der noch reden will, wird von der
Wache hinweg geführet.)

Vierter Auftritt.

Clorinde, Hernicie.

Clorinde.

O Wuth! O Raserey! — Die ganze Hölle glühet
In meinem Herzen. Fliehet, ihr edlen Triebe fliehet!
Kein Mitleid kenn ich mehr! Wild siegend und besprützt
Vom Blut Sophroniens seh mich Olint anitzt!
Ich kann nicht ihre Straf dem Richtschwert überlassen;
Sie soll von meiner Hand, von meiner Hand erblassen.

Verzweifelnd, ungezähmt, mit abscheuvoller Lust,
Reiß ich das falsche Herz aus der durchbohrten Brust:
Dann soll Olint sie sehn, erstarrt zu meinen Füssen,
Dann soll ihr schwarzes Blut auf den Verräther fliessen.
So will ich siegen, so rächt sich verschmähte Treu!
Stirb — Such im Todtenreich, wo die Geliebte sey —
Verzweifeln wird er dann. Dann gleicht sein Schmerz
                                     dem meinen:
Und weinen wird er dann; er, sag ich, er wird weinen!
Olint — Ach weintest du bey meinem Tod um mich!
So stürb ich froh — Olint — Ach! weinen seh ich dich,
Sophronia, so soll ich dich im Tod beneiden!
Du siehst, Hernicle, du weißt, du kennst mein Leiden.
O führe mich hinweg — Verzweiflung — Raserey!
Verfluchte Geister, kommt, steht meiner Rache bey!
Kein Löwe, der nach Blut in öden Wüsten brüllet,
Kein Tyger, der den Wald mit Tod und Schrecken
                                     füllet,
Gleicht mir an Zorn und Wuth — Du zitterst! Führ
                                   mich hin:
Zur Einsamkeit — zum Tod — Ich weiß nicht, wo ich
                         bin.

Vierter Aufzug.
Erster Auftritt.
Aladin, Argant, Wache, Ismenor, Olint.

Aladin.

Zum letztenmal, Argant, will ich Olinten sprechen;
Vielleicht bereut er noch sein übereilt Verbrechen.
Bald soll Gewalt, bald List, bald Drohung sich bemühn,
Sein groß gewesnes Herz von Irrthum abzuziehn.
Er kömmt — Laßt uns allein — Tritt näher — Wie gelassen,
Wie ruhig scheint er nicht! — Olint, dich sollt ich hassen,
Bestrafen sollt ich dich, dich, den ich sonst geliebt;
Ich sollte zornig seyn, und bin nichts, als betrübt.
Ich leid, Undankbarer, und leide deinetwegen;
Voll Stolz und Unbedacht eilst du dem Tod entgegen.
Schwör deinen Irrthum ab; sey wiederum mein Freund;
Der Tod ist herber noch, als er von ferne scheint.
Der Tod wird Helden schwer, in Marter und in Banden —

Olint.
Die Martern, die du drohst, sind leichter überstanden,
Als was du Güte glaubst. Herr meiner Dankbarkeit
Sey dieser Augenblick zum letztenmal geweiht!
(Er wirft sich vor ihm nieder.)

Herr, nimm Olintens Dank für alle grosse Thaten,
Die dir dein vor'ger Freund oft schüchtern angerathen:
Du hobst mich aus dem Staub; die Tugend, die ver-
    schmäht
Von den Pallästen weicht, und nur durch Thränen fleht,
War oft durch meinen Mund vermögend, dich zu
    rühren:
Du sahst mich ohne Zorn der Unschuld Sache führen;
Du hörtest aufmerksam in meinem treuen Rath
Die Wahrheit, die sich stets den Fürsten zitternd naht.
Oft, wann Ismenors Zorn, dich wider uns zu rüsten,
Sich frevlend unterstund, verschontest du die Christen,
Bloß durch mein Flehn gerührt — Noch jetzt beklagst
    du mich,
Da du mich strafbar glaubst. Die Vorsicht segne dich!
Herrsch glücklich — Könnte noch mein Blut dir Heil
    erwerben,
Und dich dem Wahn entziehn, wie freudig wollt ich
    sterben!
O würde doch dein Herz durch einen Zug gerührt,
Der Christen überzeugt, und zu dem Leben führt!
Du zürnst — Zum letztenmal wünscht dir Olintens
    Treue:
Leb wohl! (Er steht auf.) Jetzt führt mich hin: Olint
    kennt keine Reue.
Führt mich zum Tode —

        Aladin.

      Wie? Du rühmst noch deine Treu,
Verräther! — Wache, seht, daß alles fertig sey
Zu Foltern, die so scharf kein Sterblicher empfunden!

        Olint.

Ein Trauerspiel.

Olint.
Dieß ist der letzte Kampf; bald hab ich überwunden:
Bald wird Olint befreyt und in der Ruhe seyn.
O Vorsicht, stärke mich! der Geist fühlt keine Pein:
Den Körper überlaß ich willig deiner Rache.
Willst du, daß nicht bey dir die späte Reu erwache,
O Sultan! o so hör mein letztes Bitten an:
Verschon der Christen Volk! Vergieß in deinem Wahn
Nicht Blut, das wider dich um Rach zum Himmel
                      schreye!
Nimm meins zum Opfer hin, das ich dem Glauben
                    weihe;
Verschon Sophronien!

Aladin.
      Wann sie dich rühren kann,
Wann sie dein Herz verehrt, thu selbst, was sie gethan!
Mein Rath hat sie bewegt; die Quaal hat sie geschrecket;
Des Hofes Glück und Pracht hat ihren Muth erwecket;
Sie hat vor kurzer Zeit dem Glauben abgesagt,
Für den dein Eigensinn sich in die Marter wagt:
Willst du sie sehen?

Olint.
     Gott! dem Glauben abgesaget?
Sophronia!

Aladin.
     Sie selbst, sie liebt dich, sie beklaget,
Daß du den Tod erwählst —

Olint.
     Nein, nein! sie that es nicht!
Sie blieb dem Glauben treu! Nein, sie verletzt die
                      Pflicht

Nicht um den bunten Glanz, der prächt'ge Laster zieret —

Aladin.

Glaubst du, daß schimmernd Glück die Jugend nicht verführet?
Zu reizend ist der Hof, der Tod erschreckt zu sehr: —

Olint.

Ist in der ganzen Welt denn keine Tugend mehr?

Aladin.

Olint, entschließe dich, folg ihrem Beyspiel! lebe!
Damit sie dir die Hand in unserm Tempel gebe:
Sey wiederum mein Freund! sey glücklich, wie vorhin!
Olint, was sagst du nun?

Olint.

Daß ich ein Christ noch bin,
Daß ich so sterben will!

Aladin.

Du scheinest mir gerühret!
Bedenke, welcher Reiz die schöne Jugend zieret!
Jezt ists zur Wahl noch Zeit: Bedenke, was dir droht:
Folg ihrem Beyspiel nach!

Olint.

Man führe mich zum Tod!

Aladin.

Verstell dich wenigstens; im Herzen kannst du glauben,
Was dir dein Wahn befiehlt! Um dich dem Tod zu rauben,
Verbirg dein Christenthum —

Olint.

Ein Trauerspiel.

Olint.
        Wer also sich verstellt,
Beleidigt Pflicht u. Ruhm, den Himmel, und die Welt.
Vergebens wird er nur sich zu betriegen trachten;
Sein Herz zeugt wider ihn; die Welt muß ihn verach-
        ten.
Der Himmel, den er schmäht, der Himmel, den er flieht,
Zürnt, wenn sich sein Gebet um Huld und Trost bemüht;
Straft sein unglücklich Herz und seines Munds Ver-
        brechen,
Und wird mit ew'ger Qual die Schmach der Gottheit
        rächen.

Aladin.
Dieß war das letztemal, da Huld und Güte sprach.
Rach, Tod und Marter folgt verschmähter Gnade nach.
Bewacht ihn! Ha; dein Trotz muß mich noch mehr
        erbittern.
Was nicht der Tod vermag, lehr dich die Pein itzt:
        zittern.

Zweyter Auftritt.

Olint, (die Wache hinten im Theater.)

Dieß war der letzte Schlag! dieß war der ärgste
        Schmerz,
Den das Geschicke dir bestimmt, gequältes Herz!
Sey ruhig! du wirst bald aus dieser Welt der Zähren
Befreyt und hingerückt zu glücklich höhern Sphären:
Doch ach, Sophronia! welch Schauer nimmt mich ein!
Doch ach! du wirst nicht dort, du wirst nicht bey mir
        seyn,

In jener Ewigkeit — Es wird der Tod uns trennen,
Auf ewig — Nichts wird uns dereinst vereinen können!
Ach! — ewig — ohne sie — O Vorsicht, stärke mich;
O unglückselig war kein Sterblicher, als ich.
Der Jüngling, der entfernt die Hoffnung längst verloren,
Die auf der Welt zu sehn, der er die Treu geschworen,
Kann denken: Bald entflieht des Lebens öde Zeit,
Und dann vereinigt uns der Tod — die Ewigkeit.
Doch ich — ich hab ihn nicht, den Trost, der ihn erquicket:
Ich soll Sophronien auf ewig unbeglücket,
Bestraft, gequälet sehn — Gedanke, der mein Herz
Bis zur Verzweiflung bringt — Gott helf doch diesen Schmerz,
Nur diesen überstehn — Ich bin zu schwach, ich fühle
Mehr, als des Todes Quaal, noch vor dem Lebensziele.
Gott, wer schränkt deine Huld in Ziel und Gränzen ein?
Du bist, du bleibest Gott, im Strafen und Verzeihn.
Wer sieht die Weisheit ein, mit der du uns regierest,
Und durch Gefahr und Nacht ins Reich der Klarheit führest,
Die unermeßne Huld? — Olint, stirb als ein Christ!
Verlasse, was dir noch von Sorgen übrig ist!
Die Augenblicke sind nun theurer, als sonst Jahre,
Den Geist bereit zur Quaal, den Körper zu der Bahre!
Ich fühl, daß Hoffnungen des Glaubens mich erhöhn!
Nun will ich in den Tod mit muth'gen Schritten gehn.
Leb wohl, Jerusalem! Von Schmerz und Thränen müde,
Flieh ich in jene Welt: dort wohnt ein ew'ger Friede.

Leb

Ein Trauerspiel.

Leb wohl, betrügrische verführerische Welt!
Denn alles, alles ist falsch, boshaft und verstellt,
Weil sie es war — Gott, sie — Wer kömmt? Ists nicht
Clorinde?
Sie höhnt vielleicht den Schmerz, den ich zu sehr em-
pfinde:
Ich fliehe! Wache, führ zum Kerker mich zurück!
O Vorsicht, stärke mich im letzten Augenblick.

Dritter Auftritt.
Clorinde, Hernicie, ein Theil der Wache.

Clorinde.

Du siehst, Hernicie, du siehst, daß er mich fliehet!
Hat sich ein leichtes Flehn ein einzigsmal bemühet,
Mich zu besänftigen? Sah nur ein einz'ger Blick,
Voll Mitleid oder Reu, auf meinen Schmerz zurück?
Floß eine Thräne nur ihm zitternd von den Wangen?
Nun will ich grausam seyn! Du hast es angefangen,
Verräther — Nun will ich — Ach! mein gequältes Herz
Erniedriget sich selbst durch Rachsucht und durch
Schmerz:
Ich fühl es — Aber wie? — Soll ich gelassen bleiben?
Soll noch der Frevler Spott mit meinem Elend
treiben?
Verwirrt, erzürnt, betrübt, und nur zur Rache kühn,
Wünscht ich ihn nicht zu sehn, und dennoch sucht ich ihn.
Ich fand ihn, und er flieht — Ja, meine Wuth soll
siegen!
Auch in der Rache wohnt ein göttliches Vergnügen.

Auch

Auch in der Räche zeigt ein Herz, wie groß es sey,
Und bleibt bewundernswerth, auch in der Raserey.
Betrachte diesen Stahl — Du trittst bestürzt zurücke,
Voll weibscher Schüchternheit! Du wendest deine Blicke,
Gerührt und still, hinweg! In einem Augenblick
Giebt dieß Gewehr mir Ruhm, und Stolz und Ruh zurück.
Olint, erzittre nun! dein Lohn ist schon beschlossen;
Das Blut Sophroniens, von meiner Hand vergossen,
Rächt meine Wuth an dir — Erkenne nun die Hand,
Die du vorher verschmäht! das Mitleid sey verbannt!
Es leite mich die Wuth; ich will dein banges Flehen,
Ja deine Thränen selbst, Verräther, fühllos sehen!
Und, wenn mein Herz etwann die Schwachheit nicht vergißt,
Und nicht befriediget und nicht beruhigt ist:
Soll eben diese Hand, mit eben diesen Waffen,
Mein eignes schwaches Herz, das sich entehrt, bestrafen.
Auf, Wache! führet schnell Sophronien herbey!

Hernicie.

Bedenke, daß verzeihn der Ruhm der Fürsten sey!
Vielleicht läßt sich Olint durch Huld und Güte lenken.

Clorinde.

Bedenken? Kann der Zorn betrachten und bedenken?
Verzweiflung achtet nichts; sie weiß nichts vom Bereun:
Sie sieht das offne Grab, und stürzet sich hinein.

Vierter Auftritt.

Clorinde, Hernicie, Sophronia, Wache.

Clorinde.

Sind dieß die Reizungen, die den Olint entzünden?
Vor dieser Züge Macht verschmähet er Clorinden?

Sophronia.

Prinzeßinn, dein Befehl ruft aus des Kerkers Nacht
Sophronien, die oft dein Ruhm erstaunt gemacht:
Oft hört ich von dem Muth, der dir im Herzen glühte,
Vom jugendlichen Reiz, der auf den Wangen blühte;
Und dachte: könnt ich doch die junge Heldinn sehn,
Am Geiste männlich stark, am Körper weiblich schön!
Entzücket hört ich noch die Tugenden erheben,
Die allen Reizungen erst Werth und Würde geben;
Den standhaft hohen Sinn, die Großmuth im Ver-
zeihn:
Ich seufzt: ach möchte sie doch eine Christinn seyn!
Verzeih, wenn dich mein Wunsch, so wie du glaubst,
beleidigt:
Du hast oft Tugend, Recht und Menschlichkeit ver-
theidigt.
Dein Herz ist allzugroß zum unglückselgen Wahn,
Daß Blut und Grausamkeit dem Gott gefallen kann,
Der uns zum Glück erschuf; der Gott zu dienen glaubet,
Wann die verruchte Faust der Brüder Leben raubet;
Der Zwang Gerechtigkeit, Verfolgung Eifer nennt;
Für einen Glauben kämpft, den doch sein Herz nicht
kennt;

Den

Den Gott, den er verehrt, durch Grausamkeit entweihet,
Wenn Gott verschonet, rächt, und straft, wenn Gott verzeihet.
Um Mitleid bitt ich dich —

     Clorinde.

       Du, die den Tod begehrt —
Um Mitleid — Du? —

     Sophronia.

       Mein Tod ist nur beneidenswerth.
Wer für den Glauben stirbt, verschmäht des Todes Schrecken;
Ich suche nicht für mich dein Mitleid zu erwecken.
O nimm in deinen Schutz der Christen arme Schaar!
Entreiße den Olint der drohenden Gefahr!
Sie können nicht die Ruh des wilden Sultans stöhren,
Und ihre Waffen sind nichts, als Gebeth und Zähren.
Sie sind verhaßt, verfolgt, bestimmt zu Schmach und Spott;
Und niemand ist ihr Schutz und ihre Hülf, als Gott;
Und Gott wird seine Macht und ihre Rettung zeigen,
Wenn auch ihr Mund verstummt, so wird ihr Blut nicht schweigen.
Hier redet jeder Stein, von Christenblut befleckt,
Und dort ist Golgatha, das sich von hier entdeckt.
Hier, wo bey Sterblichen der Ewige gewandelt,
Wo er als Mensch erschien, und als ein Gott gehandelt;
Dort, wo er siegend starb, der Höllen Macht bestritt,
Die Sünden auf sich nahm, die größte Marter litt:
          Hier

Ein Trauerspiel.

Hier kann ein wahrer Christ vor Pein und Tod nicht
beben:
Wer gäbe nicht für den, der für uns starb, das Leben?
Wer wollte zaghaft seyn, wann alles um uns spricht:
Hier starb der Ewige! Christ, denk an deine Pflicht!
Ein überirrd'scher Zug erhöhet unsre Herzen;
Die Welt hat keine Ruh, der Tod hat keine Schmierzen.
Mit Freuden wählt mit mir der Christen Volk den Tod:
Doch lade nicht auf dich den Fluch, der denen droht,
Die mit unschuld'gem Blut die kühne Hand beflecken.
Ich weiß, Gott wird dem Volk noch einem Retter we-
cken.
Prinzeßinn! wärst du doch zum Werkzeug ausersehn,
Das Gottes Schluß vollführt, den Christen beyzu-
stehn!
Wie freudig wär mein Tod, — zerbrich Olintens Ket-
ten!
Du kannst kein redlichers, kein bessers Herz erretten:
Noch mancher Sterblicher dankt ihm vielleicht sein
Glük.

Olint —

Clorinde.
Der Name giebt mir meine Wuth zurük,
Die schon beynah entschlief — Du willst noch für ihn
sprechen?
Dein Flehn mehrt meinen Zorn; du selbst bist sein
Verbrechen:
Stirb, Unglückselige! stirb! dein vergoßnes Blut
Bestrafe sein Vergehn; und stille meine Wuth!
Dein Auge sieht umher, und wünschet den Verwegnen;
Was kann er dir zum Schutz? Was kannst du selbst?

E   So

Olint und Sophronia,

Sophronia.
Dich segnen —
Verzeih ihr, Ewiger, Gott, der du kannst verzeihn!
O Vorsicht, laß mein Blut anjezt das Mittel seyn,
Das ihren Geist erweicht, und sie zu dir bekehret!
Daß Leidenschaft und Wahn sie wider dich empöret,
War nur ihr Irrthum Schuld. O sende, Herr! dein
Licht
In ihr verfinstert Herz! Verlaß die Deinen nicht!
Lob sey dem Ewigen — Die Schrecken sind verschwun-
den.
Lob sey dem Ewigen — Der Tod ist überwunden.

Clorinde.
Wo bin ich? welche Macht hält und erschüttert mich —
Du mich noch segnen, du? — Du bethest noch für
mich? —
Für mich, die dich verfolgt, die dir das Leben raube?
Was treibt dich für ein Gott? Was stärket dich?

Sophronia.
Mein Glaube.
Durch die Religion wird jedes Herz erhöht:
Sie lehret uns allein, wie man den Tod verschmäht,
In Martern standhaft seyn, Gott in den Flammen
preisen.
Der Tod muß ihren Werth und ihren Sieg beweisen.
Durch sie gestärket zagt dein blödes Häuflein nicht
Und blicket unbewegt Tyrannen ins Gesicht.
Der Jüngling wird beherzt, sein unschuldvolles Leben
Und irrdisch flücht'ges Glück für ew'ge Güter geben:
Der Geist erzittert nicht vor naher Todespein,
Und wird im Leiden stark, ein Christ im Tode seyn:
Dieß

Ein Trauerspiel.

Dieß ist des Glaubens Macht, den Gott, den Christen dienen,
Giebt, so man ihn drum fleht; Er selber lebt in ihnen.

Clorinde.
Ich weiß nicht, welche Macht den Arm zurücke hält —

Sophronia.
Kein bloßes Ungefähr regieret diese Welt,
Prinzeßin! Gott regiert; er kann die Herzen lenken:
Er ändert Glück und Zeit, wenn wir ganz anders denken.
Der Herr beherrscht die Welt in seiner Majestät,
Er wollte, sie war da; er winket, sie vergeht.
Es mag der Stürme Zorn des Tages Glanz verhül-
  len:
Getrost! was uns geschieht, geschieht nach seinem Wil-
  len.
Mit einem Blick bestimmt der Gott, der uns erhält,
Das Schicksal eines Wurms, das Schicksal einer
  Welt.
O könnte dieser Gott dein edles Herz regieren!
O könnte doch mein Tod dich zu dem Glauben führen!
Wie wärst du dann beglückt! Ein unverletzlichs Band,
Von Sorgen ungestöhrt, giebt dir Olintens Hand.
Du bringst mit ihm vergnügt des bald verschwundnen
  Lebens
Genoßne Tage zu — Denn sterb ich nicht vergebens,
Dann will ich freudenvoll, von himmlisch heitern Höhn,
Herab auf euer Glück mit sanfter Sehnsucht sehn.
Dieß sey der edle Lohn für alle meine Schmerzen!
Seyd glücklich! dankt dem Herrn! vereinigt eure
  Herzen!

E 2

Alsdenn vergiß mich nicht! Verzeihe dem Olint,
Wenn er einst an mich denkt; wann eine Zähre rinnt!
Verzeih ihm, wann er noch die stille Gruft verehret,
In der Sophronia, in Asch und Staub verkehret,
Schläft, bis der grosse Tag, der letzte Tag erscheint,
Der vor des Schöpfers Thron uns alle drey vereint.
Du bist gerührt, du weinst — Der Menschheit Sieg
                             und Ehre,
Clorinde, zeiget sich in einer stillen Zähre.
Du weinst — Erleuchte sie, Gott, der mein Bitten
                             hört;
Gott, der mein Herz entflammt, und muthig sterben
                             lehrt.
Erleuchte sie! Du weinst — Verbirg nicht diese Zähre:
Sie fließt dem Glauben, dir, sie fliesset Gott zur Ehre.
Verbirg sie nicht: Gott siehts! Der Herr erhört mein
                             Flehn:
Die Engel jauchzen selbst, die diese Zeichen sehn.
Nun eil ich muthig fort, die Palmen zu erwerben.
Der Glaube siegt, du weinst; nun eil ich, froh zu sterben.

Clorinde.

Ja, deine Tugend siegt. Hinweg, verfluchter Stahl!
Mein Zorn war Raserey, gerecht Olintens Wahl.
O möcht ich doch den Gott, den du verehrest, kennen!
Ach, darf ich ihn auch mein — darf ich ihn Vater
                             nennen?
Ich zittre — meine Wuth erniedriget mein Herz —
Doch euch zu retten, ists nicht gnug an meinem
                             Schmerz?

(Zur Wache.)

Eilt,

Eilt, bringet den Olint — Du sollst mich edel finden;
Du haſt mich ſchwach geſehn: Mich ſelbſt zu über-
winden,
Hat mich dein Muth gelehret — Ich eil zum Aladin;
Er ehret mich, er weiß, daß ich hier mächtig bin.

Fünfter Auftritt.

Die Vorigen, Olint.

Clorinde.

Sey glücklich, edles Paar! Gott ſelbſt hat euch ver-
bunden.
Die Tugend hat geſiegt; mein Zorn iſt überwunden.
Sey glücklich, und vergiß, wie ſchwach Clorinde war!
Folg mir, Hernicie! Verweilen bringt Gefahr.

(Gehn ab.)

Olint.

Gott! welcher Zufall hat Clorindens Herz gerühret?
Warum ward ich hieher, und nicht zum Tod geführet? —

Sophronia.

Zum Tod? Olint! wer? du? misgönnteſt du mir
wohl,
Das ich für Gott, das Volk, den Glauben ſterben ſoll?
O ſchöne Hoffnungen, wie ſchnell ſeyd ihr verſchwun-
den?
Die Märtrerkron hab ich geſucht und nicht gefunden
Wie freudig gieng ich ſchon, aus dieſer Sterblichkeit
Dem ew'gen Bräutigam, dem ſich mein Herz geweiht

Auf dieser blut'gen Bahn, auf diesen Leidenswegen,
Die hier sein Fuß betrat, in meinem Geist entgegen!
Wie war ich da beglückt! die ruherfüllte Brust
Genoß den Vorschmack schon der reinen Himmelslust,
Nun ist der Wunsch umsonst; zur Rettung meiner
　　　　　　　　　Brüder
Mein Leben selbst zu weihn; o Glück du kömmst nie
　　　　　　　　　wieder!
Clorindens Großmuth reißt den besten Anschlag ein;
Soll diese Aendrung wohl ein Werk der Vorsicht seyn?
Der Vorsicht, die die Welt, so wie die Herzen lenket,
Den liebsten Wunsch versagt, was wir nicht wünschen,
　　　　　　　　　schenket?
Uns beyde macht vielleicht des Eifers Hitze blind,
Daß wir die Kraft nicht sehn, die unserm Willen bindt.
Vielleicht will Gott das Volk, durch Gottfrieds Arm
　　　　　　　　　erretten;
Vielleicht sind wirs nicht werth, die Bahne zu betretten,
Die des Erlösers Blut uns vorgezeichnet hat? —
Gelobet sey sein Will, verehret sey sein Rath!
Glaub mir, oft sind wir stark, das Leben zu verlieren,
Wenn wir nicht Stärke gnug zum Leiden in uns spüren.
Furcht, Unglück, Schmerz und Gram macht uns den
　　　　　　　　　Tod oft leicht,
Weil eine Schwachheit dann der grössern Schwach-
　　　　　　　　　heit weicht!
Nur der hat wahren Muth, der seiner Pflicht ergeben,
Im Glück zu sterben weiß, im Unglück wagt zu leben.
Der, von Vermessenheit und Zagheit, gleich entfernt,
Den Schluß der Allmacht ehrt, und früh gehorsam
　　　　　　　　　lernt.

　　　　　　　　　Auch

Auch mein Herz sehnte sich nach Gottes höhern Freuden,
Zu sterben wünscht ich mir; nun leb ich, um zu leiden.

Olint.

Erstaunt hör ich dich an! Bewundrung, Unruh,
Schmerz
Und traur'ge Ahndungen, bekämpfen nun mein Herz.
Du bist vom Tod befreyt; dieß muß mir Trost erwecken;
Ach könnt ich diesen Trost in seiner Fülle schmecken!
Ein schmerzlicher Verdruß mischt in die Lust sich ein.
So darf ich also nicht des Glaubens Opfer seyn!
Mein schwergebeugter Geist wünscht diese Welt zu
fliehen,
Wie kann ich anderst mich der bittern Pflicht entziehen,
Die wider Christen itzt, als Christ mich streiten heißt?
Der Tod ists nur allein, der mich dem Zwang entreißt.
Ich muß als Unterthan für meinen Herrscher streiten,
Und meinen Brüdern selbst die Fessel zubereiten —
Den Helden, die die Noth von unserm Volk gerührt,
Die über See und Land der Glaub uns zugeführt,
Die unsre heil'ge Stadt vom Joche zu befreyen,
Uns Gut und Vaterland, und Blut und Leben weihen,
Die soll mein Schwert —

Sechster Auftritt.

Die Vorigen, Ismenor, Argant.

Argant.

Olint! der Sultan will dich sehen,
Die Feinde nähern sich; ein Ausfall soll geschehen.

Wirst du von deiner Treu den Sultan überzeugen,
So wird sich auch mein Herz zur Huld und Nachsicht
neigen.
Clorinde kämpft mit dir, auf zeige deinen Muth!
Sophronia wird itzt, Ismenor, deiner Hut
Als Geißel ihres Volks vom Sultan übergeben,
Sie steht für aller Treu, du stehest für ihr Leben!
Wenn sich beym Christenvolk die mindste Untreu regt,
Soll sie das Opfer seyn, das Straf und Rache schlägt.
Komm, eil!

Olint.

Als Unterthan ehr ich des Sultans Willen:
Als Christ muß ich die Pflicht, so streng sie ist, erfüllen.
Ich eil in Kampf: leb wohl! ach fänd ich meinen Tod!

Sophronia.

Nein, lebe uns zum Trost, zur Tilgung unsrer Noth!

Fünfter Aufzug.
Erster Auftritt.

Ismenor.

Wie? soll mein Herz sich nicht des schwachen Ei-
fers schämen,
Und die gerechtste Wuth ein feiges Fürchten zähmen? —
Ein Schwur beym Mahomet soll ohne Kraft geschehn?
Die schwärzste Lasterthat, die soll der Straf entgehn? —

Ein Trauerspiel.

Clorinde, schwaches Weib! von blinder Lieb bethöret,
Schütz deine Christen nur, itzt wirst du nicht gehöret!
Mir, der ins Heiligthum der Gottheit dringen kann,
Ist, gleich dem ärmsten Sklav, der Fürst selbst unterthan;
Durch mich wird Ruh und Fried, und Heil und Glück gegeben,
Durch mich verdammet Gott; vor mir muß alles beben.
Ha! wie des Donners Stimm sey meine Stimm verehrt:
Ihr Christen zittert nur, weil euch mein Fluch beschwert!
Der Sultan selbst soll euch vor meiner Wuth nicht schützen;
Clorindens eignes Volk soll meinen Eifer stützen,
Sie selbst erzittre auch, läßt sie die Christen nicht,
Der Perser hört nur mich, wenn Gott und Glauben spricht;
Der Ausgang des Gefechts sey in des Schicksals Händen
Doch meine Rache will, und kann ich auch vollenden.
Sophronia, die noch in meinen Händen ist,
Soll nun das Opfer seyn, das mir für alle büßt.
Ihr Tod soll dem Olint sein stolzes Herz nicht brechen,
Und mich an Sultan selbst, und an Clorinden rächen.
Auf, Freunde, nähert euch!

Zweyter Auftritt.
Ismenor, ein Priester.

Ein Priester.

Herr! alles ist bereit;
Der Tempel ist erfüllt vom Volk, das Rache schreyt;
Durch unser Prophezeyn und Drohen hingerissen,
Will es in seiner Wuth nur Christenblut vergiessen.
Schon wird Sophronia, das Opfer deiner Macht,
Von Dienern deines Amts zum Tode hergebracht.
Beym stärksten Mordgeschrey, von aller Welt verlassen,
Scheint sie doch ohne Furcht, ganz ruhig und gelassen;
Nur eine Freundin noch, und ein bejahrter Greiß,
Entweichen nicht von ihr durch Drohen, noch Geheiß.
Das andre Christenvolk entflieht voll Furcht und Schrecken,
Sich in das Innerste der Häuser zu verstecken.
Kurz, alles dienet dir, den Anschlag zu vollziehn,
Kein Sultan, kein Olint, kein Mensch verhindert ihn.

Ismenor.

Genug: Man soll mir gleich das stärkste Gift verschaffen.
Ihr, meine Freund! verseht euch mit verborgnen Waffen;
Oft kömmt vom Misgeschick ein unversehner Feind:
Drum tödtet jedermann, der euch verdächtig scheint.
Heut soll die Christenbrut, das Scheusal unsrer Erden
Für ihre Frevelthat durch mich gestrafet werden.

Mein

Mein Ansehn, das Gesetz, des Sultans Schwur und
Ruhm,
Erhält dieß Opfer nur und schreckt das Christenthum;
Dann wird der äußre Feind mit Nachdruck erst be-
krieget,
Wann, der im Busen wühlt, gestürzt zu Boden lieget.
Dann wird der Sultann —

Dritter Auftritt.
Vorige, der zweyte Priester.

Der zweyte Priester.

Herr! erwecke deine Rach,
Sie donnre Quaal und Fluch, und Tod dem Christen
nach!
Hilft uns nicht Mahomet, so sind wir ganz verlohren:
Der Feinde wüthend Heer bringt schon bis zu den
Thoren:
Clorinde ist in Noth, der Sultan in Gefahr,
Nur den verräthrischen Olint nimmt niemand wahr:
Den Tempel hat er erst, und dann die Treu geschän-
det,
Und anfangs des Gefechts sich zu dem Feind gewendet.
Dieß sagen Flüchtlinge, die kaum dem Tod entflohn,
Den ihnen schmerzlicher noch ihre Wunden drohn.
Es läuft das ganze Volk erbittert zu den Waffen,
Um vor den Christen sich hier Sicherheit zu schaffen,
Auf! räch, Ismenor, dich, den Tempel, und den
Staat,
Straf in Sophronien den schrecklichen Verrath.

Es muß vor ihrem Tod das Christenvolk erzittern,
Und sehn, daß kein Verlust kann unsern Muth erschüttern.

Ismenor.

Ha! der verfluchten Schlang zerknirsche man das Haupt,
So wird zur Frevelthat ihr alle Macht geraubt.
Den Christen sey der Sieg zu ihrem Ungelücke.
Mein Wüthen, meisten Haß rechtfertigt das Geschicke;
Blut fodert wider Blut. Das Rachschwert ist entflammt,
Wen Mahomet verflucht, der ist von mir verdammt.
Dem äußern Feind zum Troß, dem innern zum Verderben
Sey sie das Opfer —

Zweyter Priester.

Herr! sie kommt. —

Vierter Auftritt.
Vorige, Sophronia.

Ismenor.

Wiß! du mußt sterben!
Der schändliche Verrath der den Olint befleckt,
Hat über deinem Haupt der Rache Bliß erweckt.
Er, du, dein ganzes Volk seyd gleiche Missethäter;
Ihr hegt ihn in der Brust: er zeigte den Verräther.
Als Opfer für dein Volk, das du zu seyn begehrt,
Wird dir der Tod nunmehr, den du gesucht, gewähret.

O könnt

Ein Trauerspiel.

O könnt ein einziger Streich, euch, Christen! alle tödten!
Und jede tapfe Faust von eurem Blut erröthen!
O Himmel! räche du Olints Verrätherey!
So wird bald unsre Stadt von Ungeheuren frey.

Sophronia.

Ists möglich, kann Olint den Staat und uns verra-
   then? —
Gott! er soll fähig seyn so schwarzer Lasterthaten? —
O nein! kein Christ hat noch die Treu so schwer verletzt,
Die Pflicht des Unterthans nie so hindangesetzt.
Verleumdung brauchest du, uns Christen gnug zu
   quälen:
Ein Vorwand mangelt dir, mit Recht mich zu entseelen.
Der Haß, den wider uns die Höll in dir entzündt,
Ist nicht vergnügt damit, daß er nur Opfer findt,
Die ausser dieser Stadt, das Schwert und Pfeil er-
   tödten,
Der Tempel selbst soll auch von unserm Blut erröthen.
O spare nur Betrug, Verleumdungen, und List,
Du weist nicht, wie der Tod vor Gott mir schätzbar ist.
Mein Glauben lehret mich die Marter nicht zu scheuen,
Mein Ruhm ists, für mein Volk zum Opfer mich zu
   weihen.
Clorindens Großmuth selbst, so sehr ich sie verehrt,
Hat wider meinen Wunsch den Streich von mir gekehrt.
Die Bürgschaft des Olints, die mich dir übergeben,
Erhalte nur mein Volk, und nehme mir das Leben,
So wird mein Wunsch erhört; und sterb ich nur allein
So wird mein Geist vergnügt, mein Herz dir dankbar
   seyn.

Olint.

Olint, sollt er getreu, als Sieger hier erscheinen,
Wird mich dann, als ein Christ nicht rächen, nur be-
　　　　weinen.
O würde nur durch mich Clorindens Herz gerührt!
Ein Herz, das schon in sich den Keim der Tugend führt,
Das falscher Muth verführt, Erziehung nur ließ fehlen:
Dieß wollst du grosser Gott! zu deinem Dienst er-
　　　　wählen.
Ein Strahl von deiner Gnad hat meine Brust ent-
　　　　brannt,
Durch dich hab ich das Nichts der Zeitlichkeit erkannt,
Mein Geist von dir entzückt, von deiner Lieb genähret
Seufzt aufgelöst zu seyn: dieß wird mir nun gewähret.
In deiner Ewigkeit, bey dir nur find ich Ruh.
Willkommen sey der Tod! ich bin bereit dazu.

Ismenor.
Nur du sollst für dein Volk und für Olinten büssen.
Vollziehet den Befehl! laßt keine Zeit verfliessen!

Sophronia.
Gesegnet sey die Stund! itzt eil ich in mein Glück,
Es hält nichts meinen Geist in dieser Welt zurück.

Fünfter Auftritt.
Ismenor, allein.
Verhaßte Regungen der blöden Menschlichkeit,
Erregt von der Natur, durch billge Wuth zerstreut,
Schweigt nur in meiner Brust! itzt kann ich euch
　　　　nicht hören:
Ihr würdet meine Ruh, nicht meine Rache stören!
　　　　　　　　　Die

Die Rache, die ein Herz sich selber schuldig ist,
Dem zur Genugthuung statt Thränen Blut nur fließt.
Ein jeder, der sich nicht zu meinem Glauben lenket,
Nach meiner Vorschrift lebt, nach meiner Vorschrift
                denket,
Beleidiget den Staat, Religion und mich,
Wird unserm Ansehn erst durch Nachsicht fürchterlich,
Muß selbst von Gott verflucht, zum Schrecken dieser
                Erden,
Bestraft, getödtet seyn, und nie verschonet werden.
Der Geist der Schwärmerey, den jeder Christ besitzt,
Der seinen Wahnsinn stärkt, und seinen Trotz erhitzt,
Verführt nur gar zu leicht den Pöbel zum Empören;
Der glaubt im Rasenden des Himmels Stimm zu hö-
                ren,
Wird weich, bewegt, gerührt, und gänzlich umgekehrt
Verwirft er dann den Gott, den er zuvor verehrt.
Unfähig für sich selbst zu denken und zu glauben
Muß man zu handeln ihm, nicht einzusehn erlauben.
Ich will hinfort — —

Sechster Auftritt.

Ismenor, Evander.

Evander.

Tyrann! von blinder Wuth entbrannt,
Bist du auf dieser Welt nur uns zur Quaal gesandt?
Du Unmensch! lehret dich dein Glauben Haß u. Lügen?
Bringt deiner Mordbegier der Unschuld Tod Vergnü-
                gen?

Der Unschuld, die der Reiz der frühen Tugend
                                    schmückt? —
Du stirbst, Sophronia! du wirst der Welt entrückt? —
Olinten wird die Ehr: das Leben dir geraubet?
Mein Sohn soll treulos seyn? — der Bosheit wird ge-
                                    glaubet?
Ihn, seinem Gott als Christ, dem Staat als Bürger
                                    treu,
Beschuldigt deine Wuth itzt der Verrätherey?
Sophronia, die ihn nach Gott allein gerühret,
Wird wegen Seiner itzt dem Tode zugeführet? —
Wie kann Sie, Grausamer! die gänzlich schuldlos ist,
Das blutge Opfer seyn, das für Olinten büßt? —
Wenn du ihn strafen willst, straff mich nebst meinem
                                    Sohne;
Es schmück mein graues Haupt die schöne Märterkrone.
Auch hier schlägt noch ein Herz, das keine Quaalen
                                    scheut;
Tödt mich — —

                    Ismenor.
O Gott! wer kömmt? — Clorinde — nun ists Zeit;
Ich flieh — —.

Siebender Auftritt.

Clorinde, Ismenor, Evander, hernach
Priester, und Persische Wache.

                    Clorinde.
Ismenor bleib!

Ein Trauerspiel.

Evander:
    Sieh mich dein Knie umfassen!
Sophronia stirbt! hilf!

Clorinde:
  Wie? — — Was? — —

Evander:
      Sie muß erblassen,
Wenn du sie nicht erhältst. Ist dir ihr Leben theur,
Komm und errette sie! Hier, dieses Ungeheur
Ertödtet sie mit Gift. Hier ists, wo sie erbleichet,
Hier in dem Tempel selbst. Komm, eil mit mir.

Ismenor:
      Entweichet!
Auf Freunde, kommt herbey! schützt euer Ober-
      haupt! —

Clorinde.
Ich komm an Sultans statt. Laß mich, er hats erlaubt,
Ich bring sie zum Olint. — Auf Perser! Frevler fliehet!
Flieht! daß ihr euer Haupt gerechter Wuth entziehet!
Wo ist Sophronia? —

Achter Auftritt.

Sophronia, Evander, Clorinde.

Clorinde:
    Gott, welch betrübter Blick!
Olint, wie giebt man uns Sophronien zurück! —
Ist dieß der Treue Lohn, den sich durch tapfres Streiten,
Durch Blut, Gefahr und Noth, Olint noch mußt er-
      beuten?

F   Soll

Soll dieser Bösewicht noch triumphiren? Nein!
Euch rächen soll mein Schwert! stirb, Barbar, stirb!
                    Sophronia.
                                    Halt ein!
Prinzeßin, hör mich an! kein Christ sucht sich zu rächen,
Gott überläßt er nur das Urtheil der Verbrechen,
Der Glaube lehret uns, den Mördern zu verzeihn,
Sie noch zu lieben, dieß soll unsre Rache seyn.
Ismenor hält mein Volk, und mich für Missethäter,
In mir bestrafet er Olinten als Verräther —
                    Clorinde.
Verräther? Wer? Olint! Er, der durch Tapferkeit,
Den Sultan von dem Tod, den Staat vom Feind be-
                                    freyt?
Er, der mich der Gefahr mit tapfrer Faust entrissen?
Er, der uns durch sein Blut den Sieg erkaufen müssen?
                    Evander.
Gott! wie vertheilest du Gefahr, Noth, Trost und
                                    Schmerz!
Bald bricht die Freude mir und bald der Gram das Herz.
Soll ich euch beyde noch beneiden und bedauren? —
Soll ich um meinen Sohn mich freuen oder trauren? —
                    Clorinde.
Der Sultan, der nur erst mit Wunden ganz beschwert,
Und kraftlos, in Pallast hieher zurückgekehrt,
Send mich an seiner statt, dich dem Olint zu geben,
Zum Preis der Treu, die noch vielleicht sein theures
                                    leben
Bewähren muß. Er riß den Sultan aus Gefahr,
Mit mehr als Löwenmuth, drang er in jede Schaar,

Der Feinde, kämpft und siegt, bis er zuletzt voll Wunden
Entkräftet nieder sinkt. Ich hab ihn noch gefunden
Als unsre Feinde flohn, mit Leichen überdeckt;
Sein Geist ward nur mit Müh zum Leben noch erweckt;
Doch kaum erholt er sich, so ruft er voll Entzücken:
Könnt ich vor meinem Tod Sophronien erblicken!
Nun ruht er im Pallast, und athmet Blut von sich.
Halbtod verließ ich ihn, und sterbend find ich dich? —

Sophronia.
Olint, erblaßt?

Evander.
Mein Sohn! — o laß mich zu ihm eilen,
Ich bring ihn noch zu dir; sein Geist wird sich verweilen
Daß er dich sehen kann; dann eilt ihr eurer Ruh
Und der Unsterblichkeit im Tod vereinigt zu.

Neunter Auftritt.
Sophronia, Clorinde, Serena.

Sophronia.
Unendlich grosser Gott! du unergründlichs Wesen!
Wie kann ein Sterblicher in deinen Schlüssen lesen?
Du, der du diese Welt erschufst, und läßt vergehn,
Du ließt uns diesen Tag der Gnade Wunder sehn!
Wie blutig, wie voll Angst erschien uns dieser Morgen!
Des Sultans Schwur ließ uns den Untergang besor-
gen.
Nun hat Olint durch Treu, durch Muth und Tapferkeit
Den Argwohn Aladins, der Christen Noth zerstreut.
Vergebens hatt ich mich zum Opfer dargestellet,
Nun werd ich dem Olint im Sterben zugesellet.

Wie wünschten wir den Tod, der uns zu fliehen schien,
Der Endzweck ist erreicht, und wir erhalten ihn.
Prinzeßin! willst du uns den letzten Trost noch gönnen,
So sey der Christen Schutz, lern unsern Gott erkennen!
Es fühlt dein edles Herz der Tugend hohe Macht,
Das Opfer war zu schön, das du ihr schon gebracht:
Du must noch höhern Lohn, als irrd'schen Ruhm er‐
beuten,
Du must die schöne Kron der Ewigkeit erstreiten!
Was ist dieß Leben doch? ein kurzer schnöder Traum;
Die Wollust eckelt bald, die Ehr vergeht wie Schaum.
Der Reiz der Sinnlichkeit bestricket tausend Seelen,
Der Wahn, der Irrthum läßt das wahre Glück verfeh‐
len,
Nur wahre Menschenlieb und die Religion
Ersättigen das Herz, und sind sich selbst der Lohn.
Wie glücklich ist ein Christ! Für ihn ist das Vergnügen,
Dem nie der Eckel folgt, das ewig unversiegen
Von Gott dem höchsten Gut als seiner Urquell fließt,
Und Ströme reiner Lust in seine Seele gießt.
Ganz fühl ich euren Trost, Empfindungen der Tugend!
Die ihr mein Thun belebt, seit meiner ersten Jugend:
Schon in der Sterblichkeit vertheilt ihr euren Lohn!
Was fühl ich nicht durch euch? — den Himmel fühl ich
schon!
Wie freudig wird Olint mich bald dorthin begleiten! —
Sie sey: du bist gerührt — o Gott! du wirst sie leiten!
O sende einen Strahl der Gnade in ihr Herz! —

Clorinde.

Wo bin ich? — Zärtlichkeit, Bewunderung, Trost und
Schmerz,

Durch‐

Ein Trauerspiel.

Durchbringen mein Gemüth. — Wie mächtig ist der Glauben
Der dich, Sophronia! der Sterblichkeit berauben
Und fast vergöttern kann! du hast mein Herz entzündt!
Ich ehre deinen Gott. O wär ich schon sein Kind!
Dürft ich ihn mit Vertraun doch meinen Vater nennen! —

Sophronia.

Clorinde! Freundinn! Wie? ach wie soll ich dich nennen?
Geliebte! Schwester! komm an die entzückte Brust!
Mein halbgebrochnes Herz theilt mit dir jene Lust,
Die nur ein Christ erhält, die mir mein Gott wird geben,
Die du einst fühlen wirst, wenn er aus diesem Leben
Zu seiner Freud dich ruft.

Clorinde.
O stürb ich nur mit dir!

Sophronia.

Nein! bleib zu Gottes Ehr, zum Schutz der Christen hier!
Dein Beyspiel muß der Welt mehr als dein Tod noch nützen.
Mein Geist soll, Fürstinn, dich vor Unfall zu beschützen,
Stäts um dich seyn — zu stark wirkt diese Freud auf mich!
Der grosse Gott, der dich gerühret, segne dich! —
O süßer Todeskampf! — Nur Siegen ist dieß Streiten —
Beneidet, Freunde! mich um diese Seeligkeiten! —
Ganz fühl ich sie — zu eng wird schon die matte Brust—
Zuviel, o Gott! zuviel von dieser Himmelslust! —

Heil dir, erlöster Geist! was wirst du dort erst fühlen?
Schon hör ich Engelchör auf Assaphs Harpfen spielen.
Der Himmel öfnet sich. Clorinde! Christen! preißt
Den Sohn des Ewigen! **O Gott! nimm meinen
Geist.

Serena.
Sophronia! **Sie stirbt! **O Gott! was wird für
Schrecken
Dem sterbenden Olint der Anblick hier erwecken! —

Clorinde.
So bist du, reiner Geist, der Sterblichkeit entrückt?
So hat dich dein Olint, dein Freund nicht mehr er-
blickt?

Zehnter Auftritt.
Die Vorigen, Argant.
Argant.
Der Treue des Olints Belohnung zu gewähren,
Läßt Aladin durch mich den Christen Gnad erklären;

Clorinde.
Zu spät, Argant! zu spät! ach kömmt vielleicht Olint?

Argant.
Er kömmt: doch hoffe nicht, daß er dem Tod entrinnt.
Sein Vater sprach mit ihm, und er sank leblos nieder,
Die Wunden öffneten mit Strömen Bluts sich wieder,
Die Hülfe war umsonst, du wirst ihn bald hier sehn!
Sein Eifer drang darauf, noch selbst hieher zu gehn.
Er nähert sich. Gott! wie? Sophronia erblichen?

Serena.
Schon ist der schnöden Welt ihr edler Geist entwichen.

Letz-

Ein Trauerspiel.

Letzter Auftritt.

(Olint wird vom Evander sterbend hergeführt.) Die Vorigen.

Olint.
O leitet mich zu ihr!

Clorinde.
Ach du erschrickst zu sehr!
Olint, mein edler Freund! faß dich! • • Sie lebt nicht
   mehr. ─

Olint.
Dieß war der Todesstreich! • • Ihr engelreinen Glieder!
Der sterbende Olint sieht nur entseelt euch wieder? •
Du früh verklärter Geist prangst dort mit jener Kron,
Wornach du stets geseufzt, der Märtrer Ruhm und
   Lohn.
O nähere dich mir mit unsichtbaren Schwingen!
Du! du must meine Seel vor Gottes Thron itzt bringen.
Wie freudig sterb ich nun! die Christen sind befreyt.
Mein Thun war meine Pflicht, mein Tod ist Seelig-
   keit.
Prinzeßinn! edles Herz! das Gott sich auserkohren,
Du kennst ihn nun, du bist zu seinem Dienst gebohren!
Du wirst, ich hoffes, dich dem wahren Glauben weyhn.
Laß meine letzte Bitt von dir gewähret seyn!
Beweg den Aladin zum Frieden mit den Christen!
Gott kämpfet durch ihr Schwerdt: umsonst wird er
   sich rüsten.
Dieß Heer vom größten Held, vom Gottfried ausge-
   wählt,
Das Kön'ge unter sich und lauter Helden zählt,

Das

Das ſtets bereit für Gott zu ſiegen und zu ſterben,
Sucht nur die heil'ge Stadt, nicht Länder zu erwerben:
Den Chriſten laß er ſie, ſonſt iſts um ihm geſchehn.
Gott läßt mich ſchon im Geiſt den groſſen König ſehn,
Es wird der Orient vor ſeinem Stamm ſich neigen,
Der Helden ſtets gezeugt, und Helden ſtets wird zeu-
 gen .
Nun iſt mein Herz erſchöpft - ich fühl die Kraft vergehn -
Mein Vater weine nicht! Bald wirſt du mich doch
 ſehn! —
Clorinde, lebe wohl! wie ſtirbt ein Chriſt vergnüget,
Erlöſer! Mittler! Gott! - der Tod iſt ſchon beſieget! -

Evander.

So wirſt du, ſeel'ges Paar! im Tode nun vereint!
Wie herrlich iſt dein Loos, ſo traurig es auch ſcheint!
Der Chriſt verſchmäht die Welt; Gedult ſtärkt ihn im
 leiden,
Zum Himmel ſtrebt ſein Geiſt; ſein Lohn ſind ew'ge
 Freuden.

Nachricht.

Liebhabern der Cronegkiſchen Schriften iſt bekannt, daß der ſeel. Herr Baron dieſes ſchöne Trauerſpiel unvollendet hinterlaſſen hat: ein beſonderer Verehrer der vorzüglichen Verdienſte dieſes hoffnungsvollen tragiſchen Dichters, hat es gewagt, daſſelbe zu Ende zu bringen, um es für die deutſche Schaubühne brauchbar zu machen.